Christoph Hein bringt Claudia, eine vierzigjährige Ärztin und ganz und gar Geschöpf seiner Phantasie, so zum Reden, daß es einem den Atem verschlägt. „Mir geht es gut", sagt sie am Schluß, und jeder weiß, wie schlecht es ihr geht. Dabei verfügt sie über alles, was sie braucht: Arbeit, Anerkennung, eine ferngeheizte, wenn auch kleine Wohnung, Auto, Hobby, ausreichend Geld und freie Zeit. Die Patienten bringen ihr Vertrauen entgegen, der Chef ist zufrieden, die Nachbarn loben ihre Hilfsbereitschaft. – Kinder allerdings hat sie nicht, und von ihrem Mann ist sie längst geschieden. Der fremde Freund, dem sie nie ganz nah war, ist tot und begraben.

Liebe fordert und bekommt niemand von ihr. In ihrem Innern ist sie ganz kalt, und sie weiß es nicht.

Wie weiter? Wird sie ihre armselige Lebenshaltung aufgeben können, für ihr Leben einen neuen Inhalt finden? Will sie das? Werden Aufregung und Engagement an die Stelle von Bequemlichkeit treten?

Geht es am Ende überhaupt noch um Claudia, die Kunstfigur, die nur auf dem Papier lebt, und von der man sich – vielleicht nicht ohne Mitleid – getrost abwenden kann?

Der Leser selbst ist angesprochen.

Christoph Hein

Der fremde Freund

Novelle

Aufbau-Verlag

1. Auflage 1988

Einbandgestaltung Rainer Schulz / Regine Schmidt
Lichtsatz Karl-Marx-Werk, Graphischer Großbetrieb, Pößneck V 15/30
Druck und Binden
III/9/11 Grafischer Großbetrieb Völkerfreundschaft Dresden
Printed in the German Democratic Republic
Lizenznummer 301. 120/36/88
Bestellnummer 613 924 3
00185

ISBN 3-351-00915-1

Am Anfang war eine Landschaft.

Der Hintergrund ein Zypressengrün, ein schmaler Streifen vor kristallen-leuchtender Leere. Dann eine Brücke, sie führt über einen Abgrund, über eine Schlucht, einen tiefliegenden Bach. Beim Näherkommen – weniger ein Laufen, Schreiten, fast wie eine Kamerafahrt – zeigt sich, sie ist brüchig, eine Ruine. Zwei Balken über einem grundlosen Boden. Ich oder die Person, die vielleicht ich selbst bin, zögert. Ich – behaupten wir es – sehe mich um. Mein Begleiter, sein Gesicht bleibt traumverschwommen, ein Mann, sicher ein Bekannter, ein Freund, hebt die Hände. Wir müssen hinüber. Unmöglich ist es uns umzukehren. Wir müssen auf die andere Seite des Abgrunds. In der Tiefe Felsbrocken, Ginsterbüsche und, nur ahnbar, das Wasser. Wir betreten die Brücke. Mich fröstelt. Die ersten drei, vier Schritte begleitet uns noch Brückengeländer, das ich umklammere. Dann endet es, zersplittert, stumpf in die Luft ragend, abrupter Torso. Mein Begleiter stellt einen Fuß auf den Balken und reicht mir die Hand. Er schiebt sich vorwärts, quer zum Balken stehend, einen Fuß wenige Zentimeter vor, den anderen nachziehend. Ich streife die Schuhe ab, greife seine Hand, der linke Fuß ertastet den Boden, den Balken. Seine Hand ist schweißnaß. Er soll mich loslassen, denke ich. Jeder für sich. Aber er hat sich unlösbar in meine Hand gekrallt, läßt sie nicht frei. Ich starre zum Waldstreifen hinüber, unverwandt, um nicht hinunterzublicken. Der Blick in die Tiefe. Ich weiß, wenn ich hinuntersehe, falle ich. Wir stehen am Anfang, und der Balken scheint kein Ende zu haben. Langsam schieben wir uns weiter. Unerwartet eine Bewegung im Hintergrund, eine Veränderung im Zypressengrün. Unerkennbar im Flirren der Luft noch, dann überdeutlich vor der gleißenden Leere. Fünf Läufer kommen aus dem Wald, einer hinter dem anderen. Sie tragen kurze weiße Hosen, und ihre Sporthemden sind mit einem runenartigen Zeichen versehen. Ich will meinen Begleiter darauf aufmerksam machen. Ich rede, ich schreie, aber ich höre nichts. Ich höre mich nicht reden. Die Läufer nähern sich der Brücke. Unserer Brücke. Sie laufen gleichmäßig, mit den eleganten, regelmäßigen Bewegungen von Maschinen. Es sind junge, muskulöse Männer mit offenen, strahlenden Gesichtern, keuchend und doch nicht angestrengt. Erstaunt entdecke ich ihre Ähnlichkeit, es könnten Geschwister sein. Fünflinge, die auf die geborstene Brücke zurennen. Sie sollen anhalten, schreie ich ihnen entgegen. Es bleibt still. Mein Mund bewegt sich tonlos. Es erschreckt mich, daß ich die Gesichter der Läufer erkennen kann. Sie haben nicht das zerfließende Wolkengesicht meines Begleiters. Deutlich kann ich jeden Gesichtszug erfassen, konturiert, markant, Männergesichter. Sie haben die Brücke erreicht. Sie behalten ihr Tempo bei. Auf dem zweiten Balken stürmen sie uns entgegen, an uns vorüber, auf das andere Ufer zu. Ich sehe ihre gleichmäßigen Bewegungen, ihren keuchend geöffneten Mund, doch es bleibt still. Ein tonloser Auftritt. Mein Begleiter hat sich fest an mich geklammert. Seine Fingernägel bohren in meinen Arm. Wir stehen erstarrt. Der Balken, auf dem die Läufer den Abgrund überquerten, zittert noch, wird ruhig. Wir könnten weitergehen. Oder doch besser zurück. Aber für uns gibt es keine Umkehr, wir müssen zur gegenüberliegenden Seite. Und es ist aussichtsloser geworden. Dann verschwinden die Bilder. Ein Nebel oder Grau oder Nichts. Und jetzt kommt der Ton. Die regelmäßigen Tritte der Läufer, wie ein gleichmäßig hämmerndes Uhrwerk. Der wippende Balken, das leise Pfeifen einer Amplitude. Schließlich ein nachhallender, hoher Ton. Bildlos. Asynchron.

Später, viel später, der Versuch einer Rekonstruktion. Wiederherstellung eines Vorgangs. Erhoffte Annäherung. Um zu greifen, um zu begreifen. Ungewiß bleibt seine Beschaffenheit. Ein Traum. Oder ein fernes Erinnern. Ein Bild, mir unerreichbar, letztlich unverständlich. Dennoch vorhanden und beruhigend in dem Namenlosen, Unerklärlichen, das ich auch bin. Schließlich vergeht der Wunsch. Vorbei. Die überwirkliche Realität, meine alltäglichen Abziehbilder schieben sich darüber, bunt, laut, vergeßlich. Heilsam. Und nur der Schrecken, die ausgestandene Hilflosigkeit bleibt in mir, unfaßbar, unauslöschlich.

1

Noch am Morgen der Beerdigung war ich unschlüssig, ob ich hingehen sollte. Und da ich nicht wußte, wie ich mich bis zum Mittag entscheiden würde, nahm ich den Übergangsmantel aus dem Schrank. Es war ein dunkelblauer Mantel, man konnte ihn für schwarz halten, mit einer Pelzschale von Kanin. Es war gewiß kein geeignetes Kleidungsstück für einen Sommertag, aber ich wollte auch nicht die ganze Zeit in einem dunklen Kostüm herumspazieren. Und in einem hellen Kleid auf dem Friedhof zu erscheinen, falls ich mich entschließen sollte, schien mir gleichfalls unpassend. Der Mantel war ein Kompromiß. Falls ich wirklich hingehen würde. Ich legte ihn über den Arm, bevor ich die Wohnungstür verschloß.

Am Fahrstuhl mußte ich warten. Der Offizier aus Frau Rupprechts Wohnung stand zwischen den beiden Türen des Fahrstuhlschachtes. Er drückte unaufhörlich die zwei Knöpfe. Auch er trug einen Mantel über dem Arm, eine Art Regenpelerine für Militärs. Vielleicht gehörte er nicht zur Armee, sondern zur Polizei. Ich weiß die Uniformen nicht zu unterscheiden. Unter der Pelerine ragte eine Tasche hervor, ein Diplomatenkoffer. Er hatte mir zugenickt als ich kam und sich dann wieder stumm den Knöpfen des Fahrstuhls zugewandt. Mit der Stiefelspitze klopfte er nervös einen Takt.

Irgendwo in der Tiefe des Schachtes hörte ich ein Rauschen, ein Vibrieren von Stahlseilen, das Versprechen auf eine erwünschte Veränderung, eine Hoffnung, die geduldig macht. Dann erschien das Licht hinter dem kleinen Glasfenster. Der Offizier schob die Tür zurück und stieg in den besetzten Fahrstuhl. Mit dem wulstigen Mantel auf dem Arm drängte ich mich ihm hinterher. Die unbewegten Gesichter wurden abweisender. Eine schweigende Fahrt in die Tiefe. Zweimal hielt der Lift, aber keiner verließ ihn und keiner kam herein. Stumm starrte ich in Gesichter, aus allernächster Nähe, und wurde ebenso stumm und direkt gemustert. Ein Sichkennenlernen mit allen Sinnen, unerwünscht, besonders kränkend für den Geruchssinn.

Unten angelangt, warf ich einen Blick auf die Briefkästen. Es waren nur Zeitungen zu sehen, die Post kam später. Am Schwarzen Brett hing noch die Todesanzeige. Ein Vordruck, auf dem mit blauem Kugelschreiber der Name, der Friedhof und eine Uhrzeit eingetragen waren. Irgend jemand hatte die Karte mit einer Reißzwecke angeheftet. Wahrscheinlich der Hausmeister. Er wird die Todesanzeige mit der Post erhalten haben. Irgendwann wird er über jeden eine solche Anzeige bekommen, über jeden, der hier stirbt. Und das wird, zusammen mit einem reparierten Wasserhahn und einer ins Schloß gefallenen Tür, die er mit einem Schraubenzieher und einer kräftigen Bewegung der Schulter wieder öffnet, der einzige persönliche Kontakt sein, den er mit den Mietern hat.

Ich glaube nicht, daß irgend jemandem diese Anzeige etwas bedeutet. In meinem Haus sterben zu viele Leute. Hier wohnen einfach zu viele alte Leute. Da hängen jeden Monat diese schwarzumränderten Karten im Hausflur, drei, vier Tage lang, bis sie jemand abreißt. Ich glaube nicht, daß Henry hier außer mir jemanden kannte. Er hätte es mir sicher gesagt.

Ich legte den Mantel hinten in den Wagen und fuhr in die Klinik.

Unter meiner Tür lag ein Brief. Der Chef bat mich, mit ihm am Nachmittag zum Bürgermeister zu gehen. Er hatte eine Aussprache verlangt, da die Wohnungskommission der Klinik zwei Zimmer gestrichen hatte. Unser Kontingent an Wohnraum war bislang nie eingeschränkt worden. Wir brauchen die Zimmer für neue Krankenschwestern, die wir aus der Provinz holen. Sie fangen bei uns nur an, wenn wir sie in Berlin mit einem Zimmer versorgen können. Weshalb ich mitgehen sollte, wußte ich nicht. Vielleicht nahm er an, ich sei noch immer die Sozialbeauftragte der Gewerkschaft. Ich hatte die Funktion im vergangenen Jahr abgegeben. Vielleicht wollte er auch nur etwas Unterhaltung. Der Chefarzt war dafür bekannt, daß er gern mit Gefolge auftrat. Ich sollte ihn gleich anrufen.

Viertel nach acht erschien Karla, die Schwester. Wie immer stürzte sie in mein Zimmer und sagte, daß sie sich ein kleines bißchen verspätet habe, ich wüßte ja, die Kinder. Karla verspätet sich jeden Tag ein kleines bißchen und immer mit einem Hinweis auf ihre Kinder. Vermutlich erwähnt sie ihre Kinder in der Annahme, bei mir ein schlechtes Gewissen zu wecken. Sie ist dieser Typ Frau, der unbeirrt an der Mutterrolle festhält. Das kuhäugige, warme Glück, das lassen wir uns nicht nehmen, da weiß man doch, wozu man lebt. Für die Kinder, die für die Kinder leben, die für die Kinder. Offenbar ist die Menschheit einem Zirkelschluß aufgesessen. Die Generationsfolge – ein Ergebnis falscher Prämissen. Der Teufel als Meister der Syllogistik. Das könnte ein hübsches Erwachen geben. Vorerst aber haben wir einen Lebenssinn. Jedenfalls Karla. Sie weiß auch genau, warum meine Ehe geschieden wurde. Sie ist überzeugt, daß mein Mann mich verließ, weil ich ihm keine dicken Kinder in die Welt setzte oder weil ich keinen dicken Busen habe oder weil ich mich nicht schminke.

Als Karla den Kleiderschrank öffnete und meinen Mantel sah, fragte sie, ob ich zu einer Beerdigung gehe. Ich ärgerte mich jetzt, daß ich ihn nicht im Wagen gelassen hatte. Ihre Frage entschied, daß ich am Nachmittag auf den Friedhof gehen werde. Alle Überlegungen waren durch diesen Trampel über den Haufen geworfen. Ich spürte, wie mich der Ärger innerlich verkrampfte. Nun kamen die üblichen Bemerkungen, ein Verwandter, ach, ein Freund, ja, das ist schlimm, war er noch jung, ach, das ist sehr schlimm, wie gut ich Sie verstehe, Sie sehen auch ganz blaß aus. Ich beschäftigte mich mit Akten. Karla zog sich jetzt um. Da im Vorzimmer Kartei und Schränke standen, hatte man unseren Garderobenspind in mein Zimmer gestellt. So mußte sich auch die Schwester hier umziehen, waschen, kämmen. Karla pflegt ihren Körper sehr ausführlich. Sie bringt es fertig, stundenlang im Büstenhalter vor mir herumzuturnen, mit ihren Fingernägeln beschäftigt oder mit irgendwelchen Hautcremes. Einmal sagte sie zu mir, sie sei schwitzig, ein Ausdruck, der mir Übelkeit verursacht. Während Karla sich umzog, rief ich den Alten an. Ich sagte ihm, daß ich am Nachmittag zu einer Beerdigung gehen müsse. Er erwiderte nichts. Ich war erleichtert, daß er nicht versuchte, mir zu kondolieren. Ich sagte ihm noch, daß die neue Kollegin aus der augenärztlichen Abteilung jetzt meinen Gewerkschaftsposten habe. Sie war so neu gewesen, gegen ihre Wahl in diese Funktion hatte sie keine überzeugende Ausrede gefunden. Ich sagte dem Chefarzt, sie sei jünger und hübscher. Er tat entrüstet und sprach von meinem Charme, dem er für immer verfallen sei. Dann legte er auf. Karla ging ins Vorzimmer. Später hörte ich, wie sie die Tür aufschloß und die Patienten aufrief.

Kurz vor dem Mittagessen kam Herr Doyé zu mir. Er ist zweiundsiebzig Jahre alt und Hugenotte. Verheiratet mit einer gelähmten Frau, was ihn aber nicht davon abhält, es regelmäßig mit ihr zu treiben, wie er sagt. Er erzählt gern über sein Sexualleben. Wahrscheinlich ist das der Grund, weshalb er wöchentlich hier erscheint. Krank ist er nicht. Er sitzt fünf Minuten bei mir, schwätzt, was er für ein Kerl war und immer noch ist. Dann werfe ich ihn raus, und er setzt sich zu Karla oder ins Wartezimmer, um weiter zu erzählen. In der vorigen Woche brachte er mir einen Lippenstift mit. Er drängte mich, ihn gleich zu benutzen. Als ich ihn herausdrehte, war es ein kleiner, dunkelroter Phallus aus Kunststoff. Er fand das sehr witzig. Er sagte, daß wir zwei ja Bescheid wüßten, uns bräuchte man nichts zu erzählen. Er ist ein schmuddliger, widerlicher und sehr netter Kerl. An manchen Tagen vertrage ich ihn recht gut und höre ihm zu. Manchmal kotzt er mich an, und ich schmeiß ihn schnell raus.

Heute redete er nur über die Beerdigung, zu der ich gehe. Er hatte mit Karla gesprochen, und das dumme Ding hatte es ihm erzählt. Nun wollte er herauskriegen, wie gut ich mit Henry befreundet war und ob ich es mit ihm „getrieben" hätte. Schließlich setzte er sich wieder zu Karla. Karla beklagt sich öfter, daß er sie anfaßt, aber ich bin nicht sicher, daß es ihr mißfällt. Ich denke, sie gehört zu den Frauen, denen gegenüber ein Mann sich alles erlauben kann, einfach weil er ein Mann ist. Jedenfalls werde ich den alten Doyé nicht zurechtweisen, wie es Karla verlangt. Sie ist eine erwachsene Frau und kann für sich selber einstehen. Warum soll ich ihretwegen einen traurigen Alten kränken, der bei uns nur die Zeit totschlagen will bis das Fernsehprogramm beginnt.

Beim Mittagessen sah ich, daß der Chef die neue Kollegin bereits an seinen Tisch geholt hatte. Er zwinkerte mir von weitem zu und wies auf sie. Ich setzte mich an meinen Platz und löffelte eine Gemüsesuppe. Die Kollegen wußten von der Beerdigung und stellten ein paar Höflichkeitsfragen. Aber eigentlich interessierte es keinen, und wir sprachen bald wieder über das übliche. Einem Kollegen aus der Röntgenabteilung hatte man vor drei Wochen den Wagen gestohlen. Er besaß ihn erst zwei oder drei Monate und hatte ihn für den doppelten Taxwert gekauft. Die Polizei hat ihm erklärt, daß es aussichtslos sei, den Wagen wiederzufinden, und ihn an die Versicherung verwiesen. Und die Versicherung will ihm nur einen Teil des Taxwertes ersetzen. Seit drei Wochen redet er über nichts anderes, und die meisten Kollegen können sich darüber gleichfalls ereifern. Ich glaube, wenn er den Autodieb erwischen könnte, er würde ihn erschlagen. Der hippokratische Eid hat eben seine Grenzen. Wie alles.

Nach dem Essen ging ich mit Anne einen Kaffee trinken. Anne ist drei Jahre älter als ich. Sie war Zahnärztin und mußte den Beruf vor einigen Jahren aufgeben. Ihre Handgelenke neigen zur Entzündung. Sie studierte nochmals und macht nun Anästhesie. Sie hat vier Kinder und einen Mann, der sie alle zwei Wochen einmal vergewaltigt. Sie schlafen sonst regelmäßig und gut miteinander, wie sie sagt, aber ab und zu vergewaltigt er sie. Er brauche das, sagt sie. Scheiden will sie sich nicht lassen, wegen der Kinder und aus Angst, allein zu bleiben. So nimmt sie es halt hin. Wenn sie Alkohol trinkt, heult sie und beschimpft ihren Mann. Aber sie bleibt bei ihm. Ich halte Distanz zu ihr. Es ist anstrengend mit einer Frau befreundet zu sein, die sich mit ihren Demütigungen abgefunden hat. Ihr Mann, ebenfalls Arzt, ist vierzehn Jahre älter als sie. Nun wartet sie darauf, daß es sich „bei ihm legt". Senilität als Hoffnung. Es gibt unsinnigere Erwartungen.

Im Café ist Anne ganz Dame. Frau Doktor trinkt ihren Kaffee. Der übliche Flirt mit dem Besitzer. Wenn er ihr die Hand auf die Schulter legen würde, bekäme sie vermutlich Schüttelfrost. Sie präsentierte ihr neues Kostüm, schwarz mit einem lila Schal. Ihr Mann hat es ihr gestern gekauft. Sie erzählte mir, daß es furchtbar teuer war, ihr Mann es aber anstandslos bezahlt habe. Das Geschenk danach. Arme Anne. Vielleicht sollte ich mir das Kostüm ausborgen. Es wäre geeigneter für den Friedhof als der dicke Mantel. Andrerseits, was habe ich mit ihren Vergewaltigungen zu schaffen. Sie hats weiß Gott verdient, daß sies allein trägt.

Sie sprach über eine Dichterlesung in einer Kirche, wo sie in der vorigen Woche war. Wie sie erzählte, hatte man dort heikle Fragen gestellt, und der Dichter habe alles diplomatisch und lustig umgangen. Ich bemühte mich, nicht auf ihren Kuchenteller zu starren. Sie aß bereits das dritte Stück. Wenn ich einen Ton darüber verlieren würde, stünden ihr die Augen sofort voll Tränen. Ich kenn das und vermeid es. Ihr ist nicht zu helfen. Soll sie Kuchen fressen, ihre Figur verträgts.

Wir bestellten noch einen Kognak. Dann verabschiedete ich mich. In der Klinik holte ich meinen Mantel. Karla telefonierte mit einem Patienten und machte mir aufgeregt Zeichen, ich solle warten. Ich signalisierte ihr, daß ich es eilig hätte, und verschwand.

Um die Mittagszeit sind die Straßen leer. Ich konnte schnell fahren. Unterwegs hielt ich an einem Blumenladen und kaufte neun weiße Nelken. Je näher ich dem Friedhof kam, desto beklommener wurde mir. Mir fiel ein, daß ich den ganzen Tag über nicht an Henry gedacht hatte. Trotzdem konnte ich auch jetzt nur das eine denken: daß ich mich seiner erinnern sollte. Ich konnte noch umkehren und nach Hause fahren, meinen Fotoapparat schnappen und irgendwo fotografieren. Ich hatte einen freien Nachmittag, und Henry erwartete sicher nicht, daß ich ihm „das letzte Geleit" gebe. Beerdigungen und Krankenbesuche bei Bekannten waren für ihn so etwas wie fremde Ehestreitigkeiten, die man mit anhören mußte. Sie sind unangenehm und machen passiv. Vertane Zeit. Atavistische Totenkulte. Ein uneingestandenes Spiel mit einer noch immer nicht aufgegebenen Ewigkeit. Oder ein höhnisches Triumphieren: wer trägt wen zu Grabe. Schließlich, es gibt Beerdigungsinstitute, die es professionell erledigen, optimal. Wozu die persönliche Anwesenheit. Zusammengehörigkeit mit einer Leiche? Woher rührt das Interesse, beim Verbuddeln, Verbrennen dabeisein zu wollen. Zu müssen. Der, den man liebte, ist es nicht. Ich hatte gehofft, Henry würde in Dresden beerdigt werden. Dresden ist weit, die Entscheidung, nicht hinzugehen, wäre mir leichtgefallen.

Der Motor begann zu klopfen. Ich schaltete in den Leerlauf und drückte zweimal das Gaspedal durch. Nicht vergessen, danach tanken zu fahren.

Ich stellte den Wagen in einer Nebenstraße ab, obwohl vor dem Friedhof genügend Parkfläche war. Ein paar Sekunden saß ich unschlüssig im Wagen, gedankenlos. Dann nahm ich die Blumen, den Mantel legte ich über die Schulter.

Schon am Friedhofstor sah ich die Leute. Sie standen vor der Kapelle und warteten. Es waren zwei Gruppen. Wahrscheinlich hatte sich das Beerdigungsinstitut verspätet, und jede Gruppe wartete auf Aufruf und Abfertigung. Augenblicklich wurde mir bewußt, daß ich keinen der Angehörigen Henrys kannte. Zu welcher Gruppe gehörte ich? Bei meiner Abneigung gegenüber Beerdigungen wäre es sehr komisch, an der Totenfeier für eine wildfremde Leiche teilzunehmen. Aber ich wußte nicht, wen ich fragen sollte. Ich wußte nicht einmal, wie ich fragen sollte. Verzeihung, zu welcher Leiche gehören Sie?

Ich hoffte, Henrys Kollegen zu entdecken, ein bekanntes Gesicht als Pfand meiner berechtigten Anwesenheit. Er war nicht zu sehen. Da ich stehengeblieben war, starrten alle zu mir herüber. Das unbehagliche Warten auf Feierlichkeit, die verlegenen, gedämpft geführten Gespräche über den Toten, die Zukunft, das Schicksal, das unbeständige Wetter. Die Möglichkeiten von

Konversation sind eingeschränkt, die Unterhaltung wird bereitwillig beim Erscheinen einer neuen Person unterbrochen. Ein erlösender Auftritt, nun kann man schweigend mustern.

Ich holte die Zigaretten aus der Tasche, steckte sie jedoch sofort wieder ein. Asche zu Asche, aber Rauchen ist sicherlich unerwünscht.

Man starrte noch immer zu mir herüber. Offenbar bewegte uns die gleiche Frage: zu wem, zu welcher Leiche gehöre ich. Sollte ich jetzt grüßen. Wen. Ich ging in das Blumengeschäft, das hinter dem Torbogen lag. Eine Türglocke bimmelte. Der Raum ein feuchtes, gefliestes Rund, Grünpflanzen und weiße Schleifen. Perlenschnüre trennten den Laden von den hinteren Räumen. Durch das Schaufenster sah ich die wartenden Gruppen vor der Kapelle. Die Verkäuferin kam, eine hagere, schwarzgekleidete Frau mit tiefen Falten um den Mund. Eine Notwendigkeit des Geschäfts, die Nähe des Todes.

Sie wünschen?

Sie schaute auf meinen Nelkenstrauß.

Können Sie mir sagen, welche Trauerfeier jetzt stattfindet?

Fragen Sie den Küster.

Ihre Stimme war müde. Sie wußte nun, was sie zuvor ahnte, ich würde nichts kaufen.

Wo kann ich den Küster finden?

Irgendwo da.

Sie zeigte in die Richtung des Friedhofs. Dann ging sie zurück und beobachtete mich, im Perlenvorhang stehend, bis ich den Laden verließ.

Draußen betrachtete ich die Auslagen und überlegte, was ich tun sollte. Vielleicht war ich auf dem falschen Friedhof, vielleicht wurde Henry inzwischen ganz woanders beerdigt. In der Schaufensterscheibe sah ich, daß sich die Kapellentür öffnete. Ich drehte mich um. Ein Mann kam heraus, er war klein und hatte einen gekrümmten Hals. Er sagte etwas, aber ich verstand es nicht. Eine Gruppe setzte sich in Bewegung und verharrte wenige Schritte vor der Kapelle. Ich ging zu ihnen. Als ich den kleinen Mann ansprechen wollte, fragte er mich, ob ich zur „Feierlichkeit Henry Sommer“

gehöre. Ich nickte. Er sagte, sie würde in wenigen Minuten beginnen.

Ich stand inmitten einer Gruppe von etwa zwanzig Leuten, die mich nun direkter als zuvor musterten. Ich zog meinen Mantel zurecht und betrachtete abwechselnd meine Blumen und die Schuhspitzen.

Als die beiden Flügel der Kapelle geöffnet wurden, mußten wir zur Seite treten. Vier Männer brachten einen Sarg, hinter dem drei Jugendliche, keiner älter als zwanzig, mit langen, verwilderten Haaren hergingen. Ich betrachtete sie. Einer der jungen Männer bemerkte meinen Blick. Er hob seinen Kopf, sah mir einen Moment in die Augen und grinste mich an. Ich drehte mich weg. Die Flügeltüren gingen zu, um sich gleich danach wieder zu öffnen. Das schwierige Zeremoniell des Todes. Der kleine, verkrümmte Mann wies uns mit einer Handbewegung hinein. Ich ging den anderen hinterher. Vor dem Altar stand der Sarg. Der verkrümmte Mann nahm die Kränze und Blumen ab und legte sie um das Podest. Ein Arrangement, er wog ab, sortierte. Die Kränze zentral, zwei bedruckte Schleifen werden sorgfältig geglättet. Meine Nelken verschwanden irgendwo.

In der ersten Bank saß eine Frau mit zwei Kindern. Sie war Mitte Dreißig. Ich bemerkte, daß sie mich beobachtete, und ging rasch zu einer der hinteren Bänke. Über einen Lautsprecher kam ein leises Knacken, dann hörte man das Rauschen der Schallplattenrille, ein regelmäßig wiederkehrendes Auf- und Abschwellen, ein Flirren der Luft. Dann setzte Orgelmusik ein. Eine Fuge, sehr laut. Der kleine Mann, wohl der Küster, drehte den Ton leiser. Er saß vorn auf einem Stuhl, neben dem Schallplattenspieler. Eine kleine Tür in der Höhe des Altars öffnete sich, und ein Pfarrer kam herein. Er ging zu einem Pult, legte ein Buch darauf und schien dann zu beten. Nach einer Weile hob er den Kopf und sah zum Küster hinüber. Schließlich räusperte er sich verhalten. Der Küster sah auf, stellte behutsam die Musik leiser, nahm den Tonarm von der Platte. Ein leises Knacken beendete die Musik. Dann redete der Pfarrer. Er sprach über Henry. Für einen Moment kam mir der alberne Einfall, er läse Henrys Personalbogen vor, weil er die

Absicht habe, ihn einzustellen. Es waren wohlklingende, ausgesuchte, freundliche Worte, die er zu uns sagte, und er hatte eine schöne Stimme. Er sprach die Witwe an. Es war die junge Frau mit den zwei Kindern in der ersten Reihe. Ich fragte mich, ob die Frau die sanfte Stimme des Pfarrers bemerkt. Er hatte eine aufregend angenehme Stimme. Sie strahlte Sicherheit aus und Selbstbewußtsein. Gewiß war er eitel. Ob ein Pfarrer auch seine Frau betrügt? Ich blätterte im Gesangbuch, das auf meinem Platz gelegen hatte. Vorgeschriebene Lieder, vorgeschriebene Gesten. Zu jedem Anlaß das korrekte Verhalten. Der Vorzug jahrhundertealter Tradition. Keine Sorgen mit dem Kostüm. Wenn ich einmal soll scheiden, so scheide nicht von mir. Tod als Heimkehr. Ich wußte nicht, daß Henry gläubig war. Vermutlich wußte ers auch nicht. Die Korrektur der Überlebenden. Wenn meine Leiche einer indischen Sekte in die Hände fallen sollte, wird sie vermutlich auf eine indische Art zu Staub. Der Küster setzte wieder den Tonarm auf die Platte. Schade, ich hätte dem Pfarrer gern weiter zugehört. Er redet gut, sagte Großmutter, wenn ihr ein Mann gefiel. Er redet gut, der Herr Pfarrer. Er hätte ihr sicher gefallen.

Henrys Frau hielt ihren Kopf gesenkt. Nur ab und zu flüsterte sie den Kindern etwas zu. Vermutlich Ermahnungen. Ich konnte nur ihren Rücken sehen.

Die Musik endete, der Küster schaltete am Plattenspieler. Dann huschte er zu der kleinen Tür, aus der vorhin der Pfarrer gekommen war. Er öffnete sie und winkte. Die vier Männer mit den speckigen Zylindern, die schon den ersten Sarg aus der Kapelle getragen hatten, erschienen und stellten sich auf. Das gekrümmte Männchen räumte eilig die Kränze und Blumen ab. Und während der Pfarrer, sein Buch unter dem linken Arm haltend, zu Henrys Witwe ging, ihr die Hand reichte und flüsterte, hoben die Männer mit geschickten Handbewegungen den Sarg auf und setzten ihn auf die Schultern. Sie gingen ein paar Schritte, dann ließ sie der Küster anhalten. Offenbar etwas wie ein Maître de plaisir der Traurigkeit. Der Pfarrer stellte sich mit der Frau und den Kindern hinter den Sarg. Jetzt erhoben sich auch die anderen Gäste, nahmen ihre Kränze und Blumen und stellten sich auf. Ein Gefolge. Da ich auf der letzten Bank saß, standen bereits alle abmarschbereit, als ich endlich meine Nelken zu fassen bekam. Auf dem schwarzen Tuch wirkten sie vertrocknet. Der Küster hatte die Flügeltüren geöffnet und gab den Sargträgern ein Zeichen.

Der Weg zum Grab schien endlos zu sein. Immer neue Pfade zwischen den Grabreihen schlugen die Sargträger ein. Mir war warm, aber ich wollte den Mantel jetzt nicht ablegen. Dann sah ich das ausgehobene Grab. Der Sarg wurde auf Holzbohlen gestellt, die über der Grube lagen. Danach rollten die Männer Tragegurte aus, zogen sie unter dem Sarg hindurch und legten sie sich über die Schultern. Einer entfernte die Bretter, während er den Sarg mit dem Gurt hielt. Sie ließen ihn langsam in die Erde. Ich hatte mich so aufgestellt, daß ich die Frau beobachten konnte. Sie redete unentwegt auf die blassen Kinder ein. Der Pfarrer führte sie zu einer eisernen Schale mit Erde. Er nahm eine Handvoll und warf sie auf den Sarg. Dann trat die Frau ans Grab, danach die Kinder. Sie stellten sich neben der offenen Grube auf. Wer die Erde hineinwarf, ging anschließend zu ihnen, drückte ihnen die Hand oder umarmte sie.

Ich war verwundert, wie leise die Erde auf den hölzernen Sarg fiel. Es war ein leichtes Rieseln, und ich glaubte, es würde poltern. Erdschollen, die auf den Sargdeckel polterten. Ich hatte das irgendwo gelesen. Meine Hand war schmutzig. Ich wußte nicht, wie ich sie säubern konnte. Es schien mir unpassend, die Hände zusammenzuschlagen. So rieb ich nur leicht die Finger gegeneinander, was wenig half. Als ich Henrys Frau die Hand gab, spürte ich die Erde. Wir sahen uns an. Ihre Augen waren regungslos, ein Blick voll Trauer und Haß, als wollte sie sich mein Gesicht unauslöschlich einprägen. Eine unschöne, verbitterte Frau, die fortgesetzt ihr Leben befragte, um den Schuldigen für so viel Banalität und verblichene Hoffnungen zu finden. Sie wird dich schlagen, sagte ich mir, sie wird dich am offenen Grab ihres Mannes ohrfeigen. Der Gedanke belustigte mich. Mit einer schnellen Bewegung entzog ich ihr meine

Hand und ging an den Kindern vorbei. Dann reichte mir der Pfarrer seine Hand. Ich wartete, daß er mir etwas sagen würde, einen belanglosen Satz mit seiner weichen Stimme. Doch er drückte mir nur die Hand und strahlte mich routiniert mitleidig an. Schade, Herr Pfarrer. Wenige Schritte vom Grab entfernt versammelten sich die Trauergäste erneut. Sie warteten dort auf das Ende der Zeremonie, auf die Frau, die Kinder. Ich ging schnell an ihnen vorbei und hoffte nur, mich jetzt nicht zu verlaufen. Ich glaubte, die Blicke der Frau in meinem Rücken zu spüren. Nach einer Wegbiegung nahm ich endlich den Mantel ab und legte ihn über den Arm, wobei ich mich umdrehte. Ich sah nur Gräber und unbewegliche, staubige Bäume.

Dann fuhr ich mit dem Auto ziellos durch die Stadt. Später trank ich in einem Café in der Nähe meiner Wohnung einen Kognak und versuchte, mich an Henry zu erinnern. Ein sakraler Akt, ich meinte, ihm dies schuldig zu sein. Zwei Männer kamen an meinen Tisch und setzten sich. Sie wollten mit mir reden. Sie waren angetrunken. Einer hatte eine dunkelrote Hautflechte auf dem rechten Wangenknochen. Sie bestellten für sich und mich Schnaps. Ich lehnte ab. Ich wollte an Henry denken, an den toten Henry, an eine Beerdigung, an die sanfte, erregende Stimme eines Pfarrers. Dann gab ich es auf.

2

Ich kannte Henry ein Jahr. Er wohnte in der gleichen Etage des Hochhauses, in der ich noch heute meine Wohnung habe. Es ist ein Gebäude mit Einzimmerwohnungen. Man nennt sie jetzt Appartements. Als Kind, ich meine als Halbwüchsige, hatte ich mir unter Appartement etwas anderes vorgestellt. Sie kamen viel in den Romanen vor, die ich damals las. Das waren Zimmer mit kostbaren Gardinen und goldenen Leuchtern, einer Dame im Abendkleid und einem Herrn im Frack oder korrekten Anzug. Räume, in denen einem fortgesetzt die Sinne schwinden mußten. Unsere Appartements sind anders. Hier wohnen nur Alleinstehende, Unverheiratete wie ich und alte Leute. Im Sommer stinkt es nach dem Müllschlucker und manchmal nach Klo. Radiomusik dudelt den ganzen Tag durchs Haus. Selbst am Sonntagmorgen. Überhaupt steckt das Haus voller Geräusche. Sie dringen durch die Wände ein, über die Rohrleitungen. Ein undeutliches, gleichbleibendes Gemisch von Stimmen. Man gewöhnt sich daran, hört es nicht mehr. Still ist es hier nur spät nachts. Dann wandert das Knacken der Heizungsrohre durchs Haus.

Ich weiß nicht, wann Henry hier einzog. Die Mieter in diesem Haus wechseln sehr häufig. Die Jungen heiraten, und die Alten sterben. Man wohnt hier nur auf Abruf. Zwischenstation. Es lohnt nicht, Bekanntschaften zu machen, was ich ohnehin nicht schätze. Bekannte, die im gleichen Haus wohnen, haben immer etwas Aufdringliches. Allein der Umstand, daß man sie täglich treffen könnte, die Unausweichlichkeit eines Gesprächs, einer erforderlichen Freundlichkeit belastet solche Bekanntschaft. Wenn man geschieden ist, wird der Drang, irgendwelchen gleichbleibenden, täglichen, unvermeidlichen Verbindlichkeiten zu entgehen, offenbar größer.

Ich will nicht mehr Tag für Tag in fremde Gesichter starren, die nur deswegen zu mir gehören sollen, weil es immer die gleichen sind. Unveränderliche Vertrautheit, der ich ausgeliefert bin. Ich ziehe das diskretere Verhältnis zu den Möbeln in meiner Wohnung vor. Sie sind unaufdringlicher. Ihre Anwesenheit hat den Charme von Noblesse. Aber auch das ist mir gleichgültig.

Damals, im April oder Mai, stand ich vor dem Fahrstuhl und wartete. In diesem Haus wartet man immer auf den Fahrstuhl. Vielleicht weil die alten Leute zu oft auf die falschen Knöpfe drücken. Aber vielleicht sind zwei Fahrstühle für ein Haus mit einundzwanzig Stockwerken und so vielen Mietern einfach zuwenig.

Ich sah, wie am Ende des Gangs Frau Rupprecht erschien, meine Nachbarin. Die alte Dame kam einige Schritte auf mich zu, ihr Kopf zitterte. Dann blieb sie stehen, faßte sich an die Schläfe, ihre Augen flackerten hilflos in den eingefallenen, faltigen Höhlen. Ich sprach sie an, fragte, ob ich ihr helfen könne. Frau Rupprecht blickte flüchtig zu mir, nahm mich aber nicht wahr. Ihre Hand streichelte die Schläfe, als wollte sie ein panisches Entsetzen einschläfern, eine unnennbare, unbestimmte Angst. Dann beruhigte sie sich, lächelte und grüßte, um wieder den Gang zurückzueilen und hinter ihrer Wohnungstür zu verschwinden.

Dann kam Frau Luban, die die Wohnung neben dem Müllschlucker hat. Ich wartete noch immer auf den Fahrstuhl. Frau Luban ist gehbehindert und läuft den ganzen Tag durchs Haus. Sie hat in jedem Stockwerk Bekannte, mit denen sie Kaffee trinkt.

Sie stellte sich neben mich und klagte über den Hausmeister, der überhaupt nichts tun würde. Auch sei er unverschämt und gebe freche Antworten. Dann fragte sie, weshalb ich sie nicht besuche. Sie weiß, daß ich Ärztin bin. Die gesamte Etage weiß, daß ich Ärztin bin, und alle erwarten, daß ich bei ihnen Hausbesuche mache. Sogar um Tabletten kommen sie zu mir.

Ich sagte ihr, daß ich wenig Zeit habe, und sie bedauerte mich. Sie nannte mich jetzt „Kindchen", was mich verwunderte. Dann sagte sie, daß sie mir etwas anvertrauen müsse. Ich starrte auf das Glasfenster und hoffte, daß der Fahrstuhl käme. Sie erzählte, daß sie dem Hauskomitee angehöre und daß die Polizei zu ihnen gekommen sei. Ein Herr in Uniform habe die Mietervertretung gebeten, wachsam zu sein. Sie sollten alles Verdächtige melden, ungewöhnliche Besucher, häufige Feierlichkeiten, jede Unregelmäßigkeit. Frau Lubans Augen verschwammen hinter den Brillengläsern. Die Polizei habe ihre Erfahrungen, sagte sie. Sie machte eine Pause und wartete darauf, daß ich etwas sagte. Man hörte irgendwo den Fahrstuhl fahren und anhalten. Ich drückte mehrmals auf den Knopf neben dem Schacht und überlegte, ob ich nicht zur Treppe gehen sollte.

Die alte Frau kam dicht an mich heran und fragte, ob mir der Mieter aus dem Appartement sieben nicht aufgefallen sei. Es sei ein merkwürdiger Mensch. Ich schüttelte den Kopf und sagte, daß ich anderen Leuten nicht nachspioniere.

Davon ist überhaupt keine Rede, erwiderte sie gekränkt. Sie stand so dicht neben mir, daß ich ihren rosa Wangenpuder roch. Ein Gemisch aus Schamhaftigkeit und Armut. Und ich stellte mir vor, wie ich in dreißig Jahren mit gepuderten Wangen durch dic Korridore dieses Hauses lief, begierig die Geräusche aus fremden Wohnungen aufsaugte und jede überstandene Nacht als einen Sieg feierte.

Frau Luban berührte meinen Arm. Sie hielt den Kopf gesenkt, als sie flüsterte: Sehen Sie.

Ich drehte mich um. Den Korridor entlang kam ein Mann mit einem Filzhut auf uns zu. Das ist er, zischelte Frau Luban und wandte sich ab.

Der Mann stieß mit dem Fuß die Glastür auf und stellte sich neben uns vor den Fahrstuhl. Er betrachtete mich eingehend. Ich starrte ihn ebenso schweigend an. Sein Gesicht war unregelmäßig, als wäre es aus zwei verschiedenen Hälften zusammengesetzt. Der Filzhut wirkte lächerlich. Vielleicht aber war es nur die herausfordernde Art, wie er ihn trug.

Der Fahrstuhl kam, und wir stiegen ein. Ich stand an der Fahrstuhltür. Die alte Frau drängte sich dicht neben mich, was mir unangenehm war. Ich schob meine Tasche zwischen uns. Der Mann stand hinter mir. Plötzlich ertönte ein Jaulen. Ein kurzer, aufheulender Schrei, als habe man einen Hund getreten. Frau Luban griff fest nach meinem Arm. Ich schüttelte sie ab, während ich mich umdrehte. Der Mann mit dem Filzhut stand an die Rückwand gelehnt und betrachtete gelangweilt die elektrische Anzeige der Stockwerke. Wir lächelten uns an. Als wir unten ankamen, sagte er sehr freundlich guten Tag zu mir und hielt die Tür auf.

Am Abend erschien Henry bei mir. Ich lag im Bett, als es klingelte. Im Bademantel öffnete ich. Er stand mit einem qualmenden, stinkenden Topf vor der Tür und fragte, ob ich ihm helfen könne. Ich sagte, es sei spät, und ich hätte bereits im Bett gelegen. Er erwiderte, er habe noch nichts gegessen, und das hier, und dabei deutete er auf den Topf, sei ungenießbar. Dann ging er an mir vorbei ins Zimmer. Er setzte sich in einen Sessel und sah die Fotos an, die an den Wänden hingen. Ich blieb an der Tür stehen und sagte ihm, daß ich müde sei, daß ich schlafen müsse. Er meinte, er würde nicht lange bleiben, er wolle nur etwas essen, dann würde er gehen. Ich ging in die Küche. Er blieb im Sessel sitzen und redete weiter mit mir.

Später setzte er sich an den Tisch und aß. Er wollte, daß ich mich zu ihm setze. Ich sagte, daß ich schlafen wolle. Er fragte, ob ich die Fotos selbst gemacht habe und auch selber entwickle. In seiner Gegenwart war mir wohl. Ich empfand meine Müdigkeit als angenehm und kroch wieder ins Bett. Ich hörte ihm mit geschlossenen Augen zu. Er sprach noch immer über meine Fotos und die Landschaften, die ich aufgenommen hatte. Dann redete er über das Zimmer, sagte, daß alle Leute in diesem Haus ihre Wohnung auf gleiche Art eingerichtet hätten. Das kleine Zimmer, die Türen machen es erforderlich, daß jeder sein Bett dahin, seinen Tisch dorthin zu stellen habe. Möglich sei nur eine einzige Variation, und auch sie ergebe sich zwangsläufig: wenn jemand Bücher besitze und dafür ein Regal benötige, so müsse dieses neben der Tür aufgestellt werden und das Bett folglich am Fenster. Und wenn er dann noch sehe, bemerkte er vergnügt, daß in den Regalen an dem notwendigerweise gleichen Platz auch noch die gleichen Bücher zu finden seien, so habe er Lust, sich eine Kugel in den Kopf zu schießen. Ich hörte seiner Stimme zu, und mir war angenehm schläfrig. Er stand auf und lief im Zimmer auf und ab. Er starrte aus dem Fenster und ging dann wieder zum Tisch, um etwas zu trinken. Und ich lag in meinem Bett und sah ihm dabei zu. Dann erblickte er in einer Zimmerecke meine goldfarbenen Sandalen mit den hohen Absätzen. Er war begeistert und wollte, daß ich sie sofort anziehe.

Ich sagte: Sie haben gegessen, nun gehen Sie. Ich brauche meinen Schlaf.

Er reagierte nicht darauf. Er hielt meine Schuhe in der Hand und lobte sie. Dann setzte er sich in den Sessel, rauchte und starrte aus dem Fenster. Er fragte mich, ob ich gern auf dem Balkon stehe. Er vertrage es nicht.

Haben Sie Höhenangst, fragte ich.

Er schüttelte den Kopf. Nein, sagte er, es ist etwas anderes.

Dann sprach er über mich und über die Möglichkeiten und Unmöglichkeiten, sich miteinander zu verständigen. Er stellte mir Fragen, die ich nicht beantworten konnte. Dabei lächelte er und trank den Rotwein. Ich verstand ihn nicht. Ich wußte nicht, ob sein Reden und die großen Fragen ernst gemeint waren oder er nur einen Spaß machte. Vielleicht war alles nur ein Spiel, eine Art Test, den er mit mir veranstaltete. Er wirkte sehr gelassen und heiter.

Und was ist mit dem Balkon? erinnerte ich ihn, was hat das damit zu tun?

Ich fürchte ganz einfach, davonzufliegen, sagte er sehr heiter, oder, wenn du es prosaischer haben willst, herunterzustürzen. Etwas sollte doch passieren: Ich lebe, aber wozu. Der ungeheuerliche Witz, daß ich auf der Welt bin, wird doch eine Pointe haben. Also warte ich.

Er belustigte mich.

Die Erfahrung, sagte ich, zeigt, daß diese Gattung von Witzen einen sehr einfachen und üblichen Schluß findet. Und so besonders Sie ihn auch für sich ausdenken, er wird so verwunderlich nicht sein.

Jaja, sagte er, die Erfahrung. Die Erfahrung konfrontiert uns jedoch gelegentlich mit goldenen Sandalen.

Und das würde Ihnen genügen? fragte ich.

Sagen wir für heute abend, bemerkte er einlenkend. Dann fragte er: Bist du noch müde?

Ich schüttelte den Kopf. Ich wußte nicht, was ich von ihm halten sollte. Und ich hatte keine Lust, darüber nachzugrübeln. Er saß im Sessel und rauchte. Dann drückte er seine Zigarette aus und kam zu mir ins Bett. Ich war zu verwundert, um etwas zu sagen.

Er schlief unruhig und stand früh auf. Ich wollte ihm Frühstück machen, aber er meinte, ich solle liegenbleiben. Dann küßte er mich vorsichtig und ging. Ich schlief noch einmal ein. Als ich wieder wach wurde, blieb ich im Bett liegen und versuchte mir vorzustellen, wie spät es sei. Dann mußte ich an Frau Luban denken und wie sie durch ihre einen Spalt geöffnete Wohnungstür den Flur bewachte.

Ich stand auf, duschte lange und setzte Kaffeewasser auf. Dann fuhr ich nach unten, um nach der Post zu sehen. Nur die Zeitung steckte im Kasten. Als ich zurückkam, war die Küche voll Wasserdampf. Ich machte einen Kaffee und frühstückte im Zimmer. Dabei redete ich mit mir selbst. Früher war es mir unangenehm, mich bei lauten Selbstgesprächen zu ertappen. Inzwischen stört es mich nicht mehr. Es erleichtert irgendwie: die Radiomusik spielt, und eine menschliche Stimme ist zu hören. Was macht es schon, daß es meine eigene ist.

Ich mußte an Henry denken und stand auf, ging zur Balkontür und öffnete sie. Ich sah auf die Straße, dann setzte ich mich und frühstückte weiter. Hinter der Tasse lag die aufgeschlagene Zeitung. Ich las die Annoncen.

Ich lese ausschließlich die Annoncen in der Zeitung. Ein öffentlich erlaubtes und erwünschtes Entblößen. Verhaltene Zurschaustellung. Verschlüsselte Mitteilungen über ein Schicksal, zur Chiffre geronnen. Der entlaufene Hund, der auf den Namen Trixi hört und niemals beißt, das zum Verkauf angebotene neue Schlafzimmer mit Garantie, die guten Lebenskameraden, die sich anbieten oder gesucht werden mit ihren auswechselbaren Selbstdarstellungen: Interesse für gute Bücher, Theater, Reisen, gewissenhaft, mit Weltanschauung, mit Humor, Nichtraucher. Oder der in Amtssprache sich formulierende Schmerz, unfaßbar, unsäglich, erschüttert, nach einem tragischen Geschehen. Die konventionellen Floskeln der Anzeigenannahmen, eine Lebenshilfe für die Unbeholfenheit sprachlos Gewordener. Der Hintergrund erhellt sich gelegentlich in der Klinik. Irgendein benachbartes Krankenhaus stellte Betten, OP, einen Totenschein. Die Kollegen sind bestens informiert und begierig mitzuteilen.

Und das Annoncenspiel der Käufer und Verkäufer. Die Spekulanten mit der Rarität, Bauernfänger, Ganoven. Hoffnung auf ein vergegenständlichtes Glück oder einfach nötigende Umstände, Not. Ein Kompendium der Stadt, ein Gesellschaftsroman mit allen traditionellen Zutaten. Die immer gleiche Mitteilung über den Wechsel der Generationen.

Plötzlich war eine Frauenstimme in meinem Zimmer, die nach jemandem rief. Ich hatte die Balkontür offengelassen. Auf dem Nachbarbalkon stand Frau Rupprecht und streute Vogelfutter aus. Die alte Frau hatte sich eine schwarze Wollstola umgelegt. Ihre Hand war über das Gitter gestreckt, der Kopf wackelte langsam von einer Seite zur anderen. Sie stieß immer wieder ihre Lockrufe aus, aber hierher kommen keine Vögel. Der Wind wird die Krümel wegfegen. Frau Rupprecht klingelt gelegentlich an meiner Tür, um sich ein Medikament zu holen. Sie ist nicht weiter aufdringlich.

Ich räumte das Geschirr weg und wusch ab. Dann setzte ich mich und rauchte. Aufzuräumen war nichts. In einer so kleinen Wohnung gibt es wenig zu tun.

Eine halbe Stunde später ging ich zum Dienst.

3

In den folgenden drei Tagen sah ich Henry nicht. Ich hatte Nachtbereitschaft, so daß ich zweiunddreißig Stunden nicht aus den Sachen kam. Während der Bereitschaft war es ruhig geblieben. In der Rettungsstelle die üblichen Fälle von Trunkenheit, Blinddarmreizungen, Magenbeschwerden und Bluthochdruck. Auf den Stationen intravenöse Spritzen, erhöhte Blutzuckerspiegel, zwei Transfusionen, einmal Luftnot. Bis Mitternacht kamen Kollegen auf eine Tasse Kaffee zu mir. Dann brachte die Polizei Personen zur Blutentnahme. Ich hatte den Alkoholdienst und mußte zwei Gewahrsamsbescheinigungen für die Polizei ausstellen. Später meldeten sich noch ein paar Patienten: eine Erstschwangere, die irgendwelche Unregelmäßigkeiten festgestellt haben wollte, eine Kolik, eine Frau mit Herzbeschwerden, begleitet von einem ältlichen, aufgeregten Mann.

Gegen sechs Uhr wird es im Haus wieder laut. Ich habe dann noch Zeit für ein ausführliches Frühstück mit den Kollegen und Nachtschwestern, bis um acht Uhr meine Sprechstunde beginnt.

Die Sprechstunden nach einer Bereitschaft sind mir nicht unangenehm: Ich nehme alles wie durch einen wollenen Vorhang auf. Die Geräusche dringen kaum zu mir vor, sie werden abgeschwächt und fallen wallend zu Boden. Ich bin dann allen gegenüber milde gestimmt. Die Patienten wirken verständnisvoll, vielleicht hat Karla sie auf meinen Doppeldienst hingewiesen. Unangenehm ist es nur während der Regel, das Rückgrat schmerzt dann heftiger.

Am Freitag sah ich Henry wieder. Ich traf ihn im Hausflur bei den Briefkästen. Ich kam vom Friseur und sah unmöglich aus. Wenn er nicht aufgeblickt hätte, wäre ich an ihm vorbei und nach oben gegangen, um mir die Frisur auszukämmen. Er nahm meine Hand und küßte sie. Dann sagte er, daß er auf mich gewartet habe, daß er froh sei, mich zu sehen. Wir fuhren nach oben. Vor meiner Tür verabredeten wir uns für den Abend. Wir wollten irgendwo essen.

Zwei Stunden später klingelte er. Wir fuhren mit seinem Wagen durch die Stadt. Er fuhr gut, aber sehr schnell. Ich sagte es ihm, und er fragte mich, ob ich Angst habe und er langsamer fahren solle. Ich sagte ihm, daß ich keine Angst hätte. Den Trouble mit der Polizei würde schließlich er bekommen, nicht ich. Er lachte und beschleunigte das Tempo. Ich mußte mich an dem Handgriff festhalten, was ihn amüsierte.

Wir fuhren in eine kleine Kneipe, deren Besitzer Richard hieß und Henry mit Handschlag begrüßte. Er führte uns zu einem Tisch, der hinter einer kleinen Palme stand. Er war Mitte vierzig, untersetzt, mit einem voluminösen, über die Hose quellenden Bauch und schlaffen, dicklichen Wangen. Henry und er kannten sich seit langem. Er blieb einige Zeit an unserem Tisch stehen und erzählte von seiner Frau. Dann berichtete er über einen Mord in der Gegend, in den einer seiner Kellner als Zeuge verwickelt war. Schließlich stellte er für uns ein Menü zusammen, dem Henry ohne Einschränkung zustimmte. Nachdem der Wirt gegangen war, erklärte mir Henry, daß er mich nicht nach meinen Wünschen gefragt habe, weil er sich auf Richard verlasse und ein möglicher Einwand von mir den Wirt gekränkt hätte.

Das Essen war gut, und ich sagte es Richard, als er wieder an unseren Tisch kam und sich danach erkundigte. Er erzählte Henry, daß sein Wagen nicht in Ordnung sei, und fragte ihn, was er tun solle. Henry versprach, in den nächsten Tagen vorbeizukommen und sich das Auto anzusehen. Als ich ihn später fragte, ob er beruflich mit Autos zu tun habe, schüttelte er den Kopf. Er sei Architekt, er baue immerfort kleine, genormte, unnütze Atomkraftwerke, bei denen der Fluß einmal rechts und einmal links vorbeifließe. Letzteres sei das Aufregendste in seinem Beruf, der Rest alltägliche Routine. Die Autos seien für ihn nur ein Spaß, gewissermaßen ein Hobby.

Wir tranken ziemlich viel Wein, und ich redete fortwährend, wie immer, wenn ich trank. Ich glaube, ich wurde auch etwas aggressiv: mich störte Henrys ironische Gelassenheit, und ich versuchte, ihn zu kränken. Ich wollte ihn aus irgendeinem Grunde wütend machen. Ich weiß nicht mehr weshalb. Es gelang mir nicht. Henry lächelte nur.

Als der Kaffee serviert wurde, setzte sich Richard zu uns. Er sprach wieder über den Mord und seinen Kellner. Dann redete er über sein Auto, von dem er offenbar überhaupt nichts verstand und das er dringend brauchte. Henry war verlegen, weil er merkte, daß mich ihr Gespräch nicht interessierte.

Kurz vor Mitternacht brachen wir auf. Ich bat Henry, seinen Wagen stehenzulassen und ein Taxi zu rufen. Er fragte wieder, ob ich Angst habe. Ich wurde wütend und erwiderte, daß ich es nicht für besonders originell oder beeindruckend halte, angetrunken Auto zu fahren. Ich stieg aber dennoch in seinen Wagen.

Während der Fahrt betrachtete ich ihn. Er hatte seinen Filzhut zurückgeschoben und fuhr sehr konzentriert. Das Steuer hielt er nur mit den Fingerspitzen. Er schaltete viel. Es waren gleitende, fast zärtliche Bewegungen. Es mußte ihm großen Spaß machen, einen Wagen zu fahren. Er bemerkte, daß ich ihn ansah, und lächelte befangen.

Ich sagte, ich hätte das Gefühl, das Auto bedeute ihm viel. Er bestätigte es.

Nach einer Pause sagte er: Wenn ich fahre, spüre ich, daß ich lebe.

Große Worte, sagte ich.

Ja, gab er zu.

Und sonst? fragte ich. Gibt es sonst nichts?

Nicht so intensiv, sagte er.

Ich erwiderte, daß ich seine Leidenschaft nicht teile und auch nicht begreifen könne. Er entgegnete, daß er dies auch nicht erwarte. Es sei sein ganz privater Spaß, nur für ihn selbst.

Also eine Art der heimlichen Vergnügungen? fragte ich.

Er nickte. Der Vergleich belustigte ihn.

Dann fragte ich, ob er so etwas wie einen Traumberuf habe. Ohne nachzudenken antwortete er: Ja. Rennfahrer oder Stuntman. Stuntman für Verfolgungsjagden.

Etwas gefährlich, meinte ich.

Er lächelte: Ja, etwas lebendiger.

Hast du keine Angst vor Unfällen? fragte ich.

Es gibt Ärzte, entgegnete er und sah mich an.

Ja, sagte ich, es gibt aber auch tödliche Unfälle.

Er schwieg und zog die Mundwinkel nach unten. Nach einiger Zeit sagte er: Ich fürchte mich nicht davor zu sterben. Schlimmer ist es für mich, nicht zu leben. Nicht wirklich zu leben.

Mir war vom Alkohol etwas übel. Ich lehnte mich zurück und schloß die Augen.

Du bist verrückt, mein Junge, sagte ich. Dann schlief ich ein.

Zu Hause küßte er mich, und ich sagte, daß er mir sehr fremd sei. Er wollte wissen, warum ich das sage, aber ich gab ihm keine Erklärungen. Ich konnte es nicht begründen, weil ich es selbst nicht verstand. Etwas war mir unbegreiflich an ihm, das spürte ich, und ich wußte, diese Distanz würde bleiben. Doch ich war zu betrunken, um darüber nachzudenken. Später dachte ich öfter daran, hatte aber niemals Lust, etwas auszuforschen, was mir, so wie es war, gefiel.

Unsere Distanz gab unserem Verhältnis eine spröde und mir angenehme Vertraulichkeit. Ich hatte kein Bedürfnis, mich nochmals einem Menschen völlig zu offenbaren, mich einem anderen auszuliefern. Mir gefiel es, die andere Haut zu streicheln ohne den Wunsch zu haben, in sie hineinzukriechen.

Vielleicht war meine Zurückhaltung lediglich eine Alterserscheinung. Aber das interessierte mich nicht. Ich war zufrieden damit, und weiter wollte ich nichts wissen.

Am nächsten Morgen frühstückten wir gemeinsam. Während des Essens machte er kleine Zauberkunststücke mit dem Besteck und dem gekochten Ei. Er war vergnügt. Ich sagte ihm, daß ich übers Wochenende aufs Land fahre, ich müßte einen Besuch machen. Er wollte mitkommen, aber ich sagte ihm, das sei unmöglich. Er fragte nicht, weshalb. Plötzlich hatte ich keine Lust wegzufahren, aber ich hatte es meiner Mutter versprochen, an diesem Wochenende zu kommen. Ich konnte ihr nicht mehr absagen, doch ich zögerte die Abfahrt hinaus.

Ich spielte mit Henry Schach, brach die Partie aber vorzeitig ab, als ich meine aufkommende Nervosität spürte. Die Besuche bei meinen Eltern machen mich immer nervös. Ich bin bereits Stunden davor wie gerädert. Es sind Höflichkeitsbesuche bei Leuten, mit denen mich nichts verbindet. Vielleicht entspringt meine Gereiztheit einfach dem Umstand, daß diese beiden Leute das Recht haben, mich Tochter zu nennen, auf meine Erfolge stolz zu sein, mir Ratschläge zu erteilen und mir bei der Abfahrt Kuchen oder ein Glas mit Eingemachtem zuzustecken. Sie beharren nachdrücklich auf ihrem Vorrecht und sind immerzu gekränkt, weil ich mich selten bei ihnen sehen lasse. Ich bin sicher, daß auch sie nichts mehr mit mir zu tun haben, aber daß sie es sich nicht eingestehen. Schon eine solche Überlegung werden sie sich niemals gestatten. Die zufällige Bindung wird weiterhin behauptet, irgendeine unnennbare Schuldigkeit, die einen zu Sinnlosigkeiten wie überflüssigen Besuchen nötigt.

Als Henry aufbrach, fragte ich ihn, was er übers Wochenende machen würde. Er stand in der Tür, sah mich an und überlegte. Sein Filzhut war zurückgeschoben.

Vermutlich nichts Besonderes, sagte er, beugte sich vor, um mich flüchtig zu küssen, und ging.

Am Abend war ich bei den Eltern. Ich war spät angekommen (wir dachten schon, du hast uns ganz vergessen, mein Kind), und sie saßen bereits vor dem Fernsehapparat. Der Tisch war für mich noch gedeckt, auch die Torte vom Nachmittag stand da (und wir hatten so lange gewartet, auch Tante Gerda, du mußt unbedingt bei ihr vorbeigehen, sie hängt so an dir, Kind). Ich war müde und gereizt, doch ich nahm mich zusammen. Auf dem Büfett lag der Zettel mit den gewünschten Medikamenten. Mutter gab mir bei jedem meiner Besuche solch einen Zettel mit. Ich mußte ihr die Medikamente besorgen und schicken, und sie verteilte sie dann in der Nachbarschaft. Ich bin es einfach den Leuten schuldig, meinte sie, die sollen nicht denken, du seist eingebildet, seit du Doktor bist.

Um elf ging ich ins Bett. Vater blieb vor dem Apparat sitzen. Er würde erst schlafen gehen, wenn die Schnapsflasche leer wäre.

Als ich in meinem alten Bett lag, kam Mutter herein. Sie setzte sich auf die Bettkante und sagte, wir müßten miteinander reden. Es gäbe so viel Unausgesprochenes zwischen uns. Ich sagte, ich verstünde nicht, was sie damit meine. Sie wurde traurig und fragte, warum ich so kalt zu ihr sei, so lieblos. Ich protestierte leicht, aber ohne Überzeugung, nur um keinen Streit aufkommen zu lassen.

Die Frau, die neben mir auf dem Bett saß, tat mir leid, aber weiter konnte ich kein Gefühl für sie aufbringen. Ich verstand nicht, warum sie es beklagte, daß wir kein herzlicheres Verhältnis haben. Wir sahen uns selten, so selten, daß es ihr doch auch gleichgültig sein müßte. Aber sie bedauerte sich und weinte ein bißchen, und das tat mir leid. Dann sprach sie über Vater, dem es gar nicht gut gehen würde. Man hatte ihn aus dem Betrieb rausgegrault, als er das Rentenalter erreichte, obwohl er weiterarbeiten wollte. Es gab da irgendeine Affäre mit einem Lehrling, den er geohrfeigt hatte. Die Betriebsleitung stellte Vater vor die Alternative, entweder sofort in Rente zu gehen oder seine Meistertätigkeit aufzugeben. Vater kündigte von heut auf morgen. Die vorgesehene Auszeichnung zu seinem fünfundsechzigsten Geburtstag fiel aus. Man sagte ihm, durch den Vorfall sei eine Auszeichnung zur Zeit unangebracht, versprach ihm jedoch, sie in zwei Jahren nachzuholen. Die Geschichte hatte Vater sehr gekränkt. Er brach jeden Kontakt mit dem Werk und den Arbeitskollegen ab. Da er keine Freunde hatte, saß er jetzt nur noch zu Hause.

Mutter sagte, sie habe es sehr schwer mit ihm, und dabei streichelte sie meine Hand. Ich wußte nicht, was ich ihr antworten könnte. Es erschien mir seltsam, sie irgendwie trösten zu sollen. Sie mußte es ja ohnehin allein durchstehen. Und wenn ich sie streichelte, würde sie nur wieder anfangen zu weinen.

Dann erzählte sie, daß sie Hinner getroffen habe. Hinner ist mein geschiedener Mann. Er sei sehr, sehr nett zu ihr gewesen, habe sie in die Stadt mitgenommen und sei extra ihretwegen einen großen Umweg gefahren. Er werde voraussichtlich bald Oberarzt. Verheiratet sei er nicht wieder (er kommt nicht von dir los, Mädel). Er habe sich eingehend nach mir erkundigt und würde mich gern einmal wiedersehen. Ob ich ihn denn nicht auch sehen möchte. Ich sagte ihr, sie möge keine alten Geschichten aufwühlen, es sei zwecklos. Bei seinen fabelhaften Erfolgen wird er in der Klinik gewiß ausreichend weibliche Aufmerksamkeit haben. Mutter sagte, Hinner sei ein sehr feiner Kerl, der die früheren Dummheiten bedaure. Ich solle ihm doch eine Chance geben und nicht so nachtragend sein. Ich solle auch an mich denken, man werde ja nicht jünger. Ich sagte, daß ich ihn nicht wegen seiner Weibergeschichten verlassen habe, sondern weil die ganze Sache einfach ein Irrtum gewesen sei. Etwas grob fügte ich hinzu, sie solle endlich aufhören, die Kupplerin zu spielen.

Mutter weinte dann wieder ein bißchen und erzählte noch von den Nachbarn. Als sie ging, fragte sie mich, ob ich nicht auch fände, daß es schön gewesen sei, sich einmal richtig auszusprechen. Ich verstand nicht, was sie meinte, sagte aber, ich fände es auch.

Mutter war erleichtert.

Ich konnte lange nicht einschlafen und nahm schließlich zwei Tabletten.

Beim Frühstück fragte Mutter, ob ich noch immer so viel rauche, und Vater wollte wissen, was ich über China denke. Ich sagte, daß ich noch immer viel rauche und über China nicht sehr viel wisse. Vater erklärte mir lange, weshalb China so ein brennendes Problem für uns sei. Dann erkundigte er sich, ob ich die Entwicklung in Surinam verfolgt habe, und wurde wütend, weil ich nicht wußte, wo das Land liegt. Er sagte, daß ich ein studierter Schwachkopf sei, weil ich keine Zeitung lese. Er habe seine Kinder politisch erzogen, und er sei von mir enttäuscht. Ich sagte ihm, daß ich zur Zeit viele Probleme hätte, die mir mehr auf den Nägeln brennen würden als seine Weltpolitik. Und um ihn zu beruhigen, sagte ich, daß ich, wenns mir besser ginge, die Zeitung wieder läse. Damit brachte ich Vater nur noch mehr auf. Er schlug auf den Tisch, daß die Tassen klapperten und brüllte Mutter an, als sie sich einmischen wollte. Dann ging er in sein Zimmer.

Mutter meinte, ich solle es nicht so wichtig nehmen. Ich würde ja Vater kennen, und mit ihr würde er solche Szenen auch machen wegen seiner Politik.

Dann half ich Mutter in der Küche, und anschließend gingen wir zusammen zu Tante Gerda, die zwei Straßen weiter wohnte.

Tante Gerda ist die Schwester von Mutter, eine dicke, rotgesichtige Frau, die ebenso wie ihr Mann laut und vollkommen ungehemmt redet. Als wir kamen, waren beide in der Küche mit der Zubereitung eines Kaninchens beschäftigt. Wir setzten uns ins Wohnzimmer. Onkel Paul brachte selbstgemachten Johannisbeerlikör, der süß und klebrig war.

Sie sprachen über mich und wie ich in Berlin lebe. Onkel Paul sagte, daß er es nicht verstehen könne, wieso ich nicht wieder in festen Händen sei, eine so fesche Person. Er begreife die heutigen Männer nicht. Zu seiner Zeit sei man ganz anders rangegangen. Dabei faßte er meine Brust an. Tante Gerda kreischte auf und schlug ihm auf die Finger, und Mutter war angewidert. Onkel Paul meinte, die beiden sollten sich nicht so haben. Ich sei schließlich schon immer sein Liebling gewesen. Tante Gerda gab ihm noch einen Likör und schob ihn dann in die Küche. Er sollte das Kaninchen spicken.

Dann zeigte mir Tante Gerda ihre geschwollenen Krampfadern und erzählte, was ihr der Arzt gesagt habe. Sie wollte wissen, was ich davon hielte, und ich sagte ihr, daß ihr Arzt in Ordnung sei. Mutter und Tante Gerda sprachen dann über eine neu eröffnete Kaufhalle, und ich ging in die Küche und half dem Onkel.

Ich putzte Salatblätter und schälte Kartoffeln und sah Onkel Paul zu, der das Kaninchen zubereitete. An seiner rechten Hand fehlten die drei mittleren Finger. Er hatte sie im Krieg verloren, ich kannte ihn nur mit der verkrüppelten Hand. Er hielt das Messer zwischen den beiden verbliebenen Fingern und dem Handteller und schnitt sehr geschickt und schnell. Auf seiner breiten, rotgesprenkelten Nase standen Schweißtropfen. Zwischendurch wusch er sich die Hände und ging hinaus. Als er zurückkam, zeigte er mir Papiere vom Reisebüro. Er hatte als Geburtstagsüberraschung für die Tante eine Flugreise ans Schwarze Meer gekauft. Zwei Jahre hatte er dafür gespart. Ich sollte ihr nichts davon sagen. Er wollte es ihr erst am Tag der Reise mitteilen. Die Tante würde sich sonst weigern zu fliegen. Sie hatte Angst davor. Sie war noch nie in ihrem Leben geflogen. Sie meinte, ein altes Huhn lerne es nicht mehr.

Onkel Paul lachte und sagte, er würde sein altes Huhn schon aufscheuchen. Seine gelben Augen verschwanden fast im Gestrüpp der Falten. Die Glatze, von dünnen, grauen Haarbüscheln umsäumt, glänzte jetzt rosig. Er freute sich wie ein Kind über seinen Einfall. Er flüsterte nochmals, daß ich nichts der Tante sagen solle, er würde sie sonst nicht ins Flugzeug bugsieren können. Dann brachte er die Papiere wieder ins Schlafzimmer, um sie zu verstecken.

Mutter kam in die Küche und sagte, daß wir gehen müßten.

Beim Abschied zwinkerte mir Onkel Paul zu und machte eine Handbewegung, worauf Tante Gerda wieder halb entrüstet und halb belustigt aufkreischte. Mutter gefielen seine Späße nicht. Sie nannte ihn einen ekelhaften alten Bock, und Onkel Paul tätschelte ihr die Wange.

Zu Hause saß Vater vor dem Fernsehapparat und verfolgte eine politische Diskussion. Mutter schimpfte mit ihm, weil er nichts vorbereitet hatte. Wir stellten uns beide in die Küche. Ich machte den Salat und Mutter einen Filettopf. Sie fragte, wie ich damit zurechtkomme, allein zu leben, und ich antwortete, daß ich mich gut dabei fühle. Ich hätte jetzt Zeit für mich und könne über Dinge nachdenken, die für mich wichtig seien und früher im alltäglichen Krimskrams untergegangen wären. Sie sagte, daß sie mich verstehe. Dann wollte sie wissen, ob ich einen Freund habe, und ich sagte nein. Nach einer Pause fragte sie, wie ich denn als Frau damit zurechtkomme. Ich lachte und sagte ihr, daß ich natürlich manchmal mit einem Mann schliefe, wenn sie das wissen wolle. Dies zu bewerkstelligen sei schließlich nicht so schwer. Mutter sagte, daß sie das gern glaube, ich sei ja jung und hübsch, aber ob ich nicht manchmal Angst vor später hätte, vor dem Altwerden. Es würde dann schwer sein, allein zu leben. Ich sagte ihr, daß ich mir darüber keine Gedanken mache.

Wir arbeiteten einige Zeit schweigend. Ich merkte, daß Mutter nachdachte. Sie sah mich an und sagte mit einer seltsamen Stimme, daß ich es vielleicht richtig machen würde, richtiger als sie und die anderen. Aber sie sei jetzt schon so lange verheiratet, und außerdem sei ich eine andere Generation. Dann umarmte sie mich und sagte nochmals, daß ich es richtig machen würde.

Beim Mittagessen war Vater verlegen. Er lobte meinen Salat umständlich und so lange, bis Mutter ärgerlich wurde. Ich sagte, daß ich sofort nach dem Mittagessen aufbrechen müsse. Ich wollte vor Einbruch der Dunkelheit in Berlin sein. Mutter bat mich, noch dazubleiben, weil wir uns doch gerade so gut verstünden. Und Vater wollte mir die Erbschaftspapiere zeigen, die er für mich und meine Schwester angefertigt hatte. Ich sagte, daß ich so etwas nicht haben wolle, aber Vater wünschte, alles geregelt zu wissen. Wir einigten uns darauf, es beim nächsten Besuch zu besprechen.

Als wir uns verabschiedeten, schob mir Vater einen Fünfzigmarkschein in die Tasche, den ich ihm zurückgab. Ich wußte, daß er sich auf diese Art bei mir entschuldigen wollte, hielt das aber für unnötig. Er interessierte sich für Politik und ich nicht oder sehr wenig. Das ist eben so, und mehr ist dazu nicht zu sagen. Und wenn er mein Verhalten falsch findet, so muß er sich dafür nicht entschuldigen.

Ich sagte ihm, daß ich genug verdiene und er lieber Mutter was kaufen solle. Dann küßten wir uns, und ich fuhr los.

In der Mark hielt ich zweimal an und fotografierte eine zerfallene Scheune und die Ruine einer zweistöckigen Sägefabrik mit großen, verwitterten Aufschriften über den Besitzer, die Öffnungszeiten und das Lieferangebot. Ein paar Spaziergänger beobachteten mich dabei. Ich sah, daß sich einer meine Autonummer notierte, und mußte lachen. Ich fragte mich, was er damit anfangen werde.

Am späten Nachmittag kam ich in Berlin an. Henry war nicht zu Hause. Ich riß die Balkontür in meinem Zimmer auf. Dann duschte ich lange und wusch mir die Haare. Ich wollte lesen, war aber zu nervös, um mich konzentrieren zu können. Ich suchte nach einem Kriminalroman in meinem Regal, den ich halbwegs vergessen hatte. Ich fand nichts Rechtes. Dann spielte ich Patience und trank Kaffee.

Am Abend klingelte ich bei Henry, aber er war immer noch nicht da. Ich machte mir mein Abendbrot und aß es vor dem Fernsehapparat. Es lief eine französische Ehekomödie. Ich hatte den Anfang nicht gesehen und verstand wohl deshalb nichts. Im Bett dachte ich an meine Eltern, aber ich konnte keinen klaren Gedanken fassen. Es war nur so ein ungefähres Erinnern. Ich schlief bald ein.

4

Auf vielen Balkons in unserem Haus standen jetzt Blumentöpfe mit Blattpflanzen. Sie wirken blaß und verstaubt. Ich selbst habe keine. Ich würde gern Geranien oder andere Blumen auf den Balkon stellen, aber das ist nicht möglich. Der Wind reißt die Blütenblätter ab.

In der Sprechstunde waren die üblichen Patienten. In der Mehrzahl kamen sie nur wegen neuer Medikamente. Der Rest waren leichte Infekte, Bagatellen.

Die einzige Aufregung kam wieder mal von meiner Sprechstundenhilfe. Am Dienstag verkündete mir Karla, daß sie keine Ovosistonpillen mehr nehme. Sie höre damit auf, weil sie davon so füllig geworden sei. Dabei drehte sie sich vor mir in den Hüften, um es zu zeigen. Nun sei sie schrecklich aufgeregt. Sie befürchte, daß es sie „erwischen“ würde, weil doch ihr Mann „immerzu zugange“ sei.

Ich dachte an das, was mir eine Röntgenassistentin erzählt hatte. Im vergangenen Jahr, am Tag des Gesundheitswesens, hatte man in der Verwaltung eine Feier für das medizinische Personal ausgerichtet. Eine Rede, einige Auszeichnungen mit Geldprämien und anschließend viel Alkohol. Die Röntgenassistentin hatte zu vorgerückter Stunde unseren Chefarzt und meine Karla in einem Büro erwischt, wo sie gerade „zugange“ waren. Sie hatte die beiden eingeschlossen. Der Chef mußte den Pförtner anrufen, um sich befreien zu lassen. Die Kollegen waren begeistert. Keiner hatte vermutet, daß der Alte auch seine Abenteuer hat. (Bei Karla vermutete es jeder.) Es überraschte alle, und um so größer war die Freude. Ein Gefühl der Erleichterung: willkommen, Bruder, im Tümpel unserer kleinen Schäbigkeiten, im Schoß dieser banalen, armseligen Intimitäten.

Meine kleine, dicke Karla war einfach etwas männertoll, und nun wollte sie mir erzählen, daß sie sich ihres Mannes kaum erwehren kann.

Sie fragte, ob ich ihr eine Kupferspirale besorgen könnte, ein neueres Kontrazeptivum, über das man in letzter Zeit viel sprach, ein westlicher Import. Ohne aufzusehen sagte ich, sie solle den Alten fragen, er habe die besseren Verbindungen. Sie verließ wortlos mein Zimmer.

Am Nachmittag rief ich eine Studienfreundin im Regierungskrankenhaus an, erzählte ihr das Notwendigste und bat sie, für Karla eine Spirale zu besorgen. Sie konnte mir nichts versprechen, sagte aber, daß sie sich in den nächsten Tagen melden würde.

Als wir die Klinik verließen, erzählte ich Karla von dem Telefonat. Sie bedankte sich, war aber weder überschwenglich noch sehr erstaunt. Vermutlich ahnte sie, warum ich es tat. Ich bin auf sie angewiesen. Schwestern sind in unserer Klinik knapp. Sie wußte, daß sie mir nichts schuldig ist. Dennoch verabschiedete sie sich beinahe herzlich. Für einen Moment hatte ich das Gefühl, daß sie mir die Hand geben wollte. Es blieb aber beim üblichen Kopfnicken.

Für mich eine gräßliche Vorstellung: sie hätte mir die Hand gegeben, sie würde mir von nun an jeden Tag die Hand geben, einmal am Morgen, einmal am Nachmittag. Eine Unaufmerksamkeit, die zur Gewohnheit wird, unendlich, unaufhörlich. So sinnlos wie bedauerlich, ein sich verselbständigender Ritus. Und wir wären unfähig, die eingegangene Vertraulichkeit zu durchbrechen, zu beenden.

Im Auto sitzend, blickte ich Karla nach, belustigt von meiner eigenen Überempfindlichkeit und doch zufrieden, einer Annäherung entgangen zu sein.

Ist das Sensibilität. Oder Hysterie. Eine Berührungsangst, Idiosynkrasie. Und woher das Bedürfnis, es zu benennen. Es war doch so einfach: Ich hatte nicht den Wunsch, sie zu berühren. Ich wollte es nicht, das war alles. Wozu Erklärungen, wozu das Vokabular der Psychiatrie bemühen. Ein Resultat des wissenschaftlichen Zeitalters: Leben als klinischer Befund, Äußerungen, Bewegungen, Gefühle lediglich ein Fehlverhalten vor den alles erfassenden Termini einer abstrakten Norm.

Ich startete den Motor. Als ich den Wagen wendete, sah ich im Spiegel Karlas Rücken. Sie ging mit leichten, schwingenden Bewegungen, ihr Hintern schaukelte heftig. Sie tat mir leid.

Henry sah ich die ganze Woche nicht. In seinem Postkasten lagen unberührt Briefe. Ich sah sie jeden Tag, wenn ich meinen Postkasten aufschloß. Dennoch klingelte ich an seiner Wohnungstür und war enttäuscht, ihn nicht anzutreffen. Nur die Tür seiner Nachbarin ging einen Spalt auf und wurde, sobald ich mich umdrehte, energisch geschlossen. Ich wußte nicht, wo Henry war, warum er mir nicht gesagt hatte, daß er verreist. Und ich wunderte mich über mich selbst, darüber, daß ich von Henry erwartete, sich abzumelden. Wir waren nicht füreinander verantwortlich. Keiner schuldete dem anderen etwas.

Ich versuchte, nicht mehr an ihn zu denken. Ich ärgerte mich, daß ich so schnell bereit war, mich aufzugeben. Wieso sollte er sich bei mir abmelden. War ich schon wieder dabei, mich in eine der üblichen Verbindungen zu stürzen? Eine Art Ehe mit all ihren tausend Verpflichtungen und kleinlichen Abhängigkeiten. Eine Erfahrung sollte ausreichen.

Am Donnerstag brachte ich nach der Arbeit den Pelz zur Reinigung. Die Frau an der Annahme fragte, ob ich den Mantel auch zur Aufbewahrung dalassen wollte. Es würde dem Pelz besser bekommen, er würde fachgerecht aufbewahrt werden. Ich fragte sie, was das bedeutet, aber sie konnte es mir nicht sagen. Statt dessen entgegnete sie, viele Kunden würden ihre Pelze den Sommer über hier aufbewahren lassen. Ich wollte wissen, ob auch kleine Reparaturen ausgeführt werden. Eine Schnalle vom Mantel war abgerissen. Sie konnte mir auch das nicht sagen. Sie erzählte mir, daß sie seit einem Jahr geschieden sei und eine gute Arbeit suche. Sie habe zwei Jahre studiert, aber das Studium ihres Mannes und der Kinder wegen abgebrochen. Dadurch sei es für sie jetzt schwer, eine interessante Arbeit zu finden.

Da sehen Sie, was man davon hat, sagte sie, von der Liebe.

Sie hoffe, als Töpferin arbeiten zu können. Sie sei immer ein kreativer Mensch gewesen, sie habe auch schon am Webstuhl gearbeitet. Wenn sie Geld hätte, würde sie ein kleines Geschäft aufmachen oder eine Werkstatt für Accessoires aus Stoff und Leder.

Sie hatte Vertrauen zu mir gefaßt. Sie brauchte einen Menschen, dem sie erzählen konnte. Ihr Mann war wieder verheiratet. Sie lebte allein mit ihrem großen Sohn und zwei Töchtern. Der Sohn war fünfzehn Jahre alt. Er bestahl sie, kam nachts nicht nach Hause, betrank sich und schwänzte die Schule. Sie fragte dann, was ich beruflich mache, und ich sagte, daß ich Ärztin sei.

Fast erschrocken sagte sie: Ach, entschuldigen Sie, Frau Doktor, was ich so daherrede.

Das Vertrauen war weg. Sie sprach nur noch über meinen Pelz. Es schien ihr unangenehm zu sein, mit einer Frau Doktor über ihre privaten Probleme gesprochen zu haben. Mir war es recht, helfen konnte ich ihr ohnehin nicht. Ich verabschiedete mich freundlich. Den Pelz ließ ich da.

Dann kaufte ich ein paar Lebensmittel in der Kaufhalle und in einer Boutique eine kragenlose, weiße Bluse. Da die kleine Boutique keinen Raum hatte, in dem ich die Bluse anprobieren konnte, war ich zuerst unschlüssig. Die Verkäuferin redete auf mich ein. Sie müsse mir passen, sagte sie. Dann sprach sie über meine Figur und daß ich fabelhaft schlank sei. Die Bluse würde nur knabenhaften Frauen stehen wie mir. Ich bezahlte, was sie verlangte, obgleich es mir zu teuer vorkam. Ich wollte den Laden schnell verlassen. Es war mir unangenehm, daß und wie sie von meiner Figur sprach. Sie erschien mir zudringlich, als sie um mich herumging, mich betrachtete und sich über meine „Büste“ äußerte.

Als ich bezahlte, hörte sie nicht auf zu reden. Sie war größer als ich, und ich sah ihren Mund vor meinen Augen, die ständig bewegten Lippen servil zugespitzt, die Hände, die sich vor ihrer Brust flatternd bewegten, den mageren, mit vielen Ketten geschmückten Hals. Als sie mir das Wechselgeld hinlegte, betrachtete ich den winzigen Raum und fragte sie, wo die Toilette sei. Sie schüttelte verständnislos den Kopf, und als ich wissen wollte, wie sie den ganzen Tag ohne Toilette auskomme, lachte sie nervös. Ihr Lachen erschien mir unpassend, aber weil sie nicht antworten wollte, sagte ich: Ich verstehe. Jetzt wurde sie rot. Wortlos gab sie mir die Tüte, in der die Bluse steckte, und bedankte sich. Ich bedauerte, sie mit meiner Frage verwirrt zu haben. Mir war der Raum plötzlich so beengt erschienen, daß ich sie ganz spontan fragte, ohne weitere Überlegungen. Die fehlende Toilette als technisches Problem. Was ich nicht wußte, sie war ein menschliches. Es würde nichts helfen, es ihr zu erklären. Ich würde sie nur noch mehr verwirren.

Als ich die Ladentür hinter mir schloß und die Stufen zum Bürgersteig hinunterging, drehte ich mich um und blickte in das winzige Schaufenster. Für einen Moment sahen wir uns in die Augen. Die Hände hielt sie vor der Brust gefaltet. Einen Augenblick nur, dann begannen sie, ihr wieder davonzuflattern.

Hinter mir erzitterte die Luft von vorbeifahrenden Autos und einer schrill jaulenden Straßenbahn. Dann wurde es stiller, bis die nächste Welle von Fahrzeugen heranjagte und an mir vorbeiströmte. Vereinzelt waren Lichter angeschaltet. Der dunstige, undurchdringliche Himmel war nun von einem gleichförmigen Grau.

Am Abend ging ich zu Kramers. Mit Charlotte Kramer bin ich seit dem Studium befreundet. Sie arbeitet jetzt an der Universität. Ihr Mann Michael ist Laborleiter in einem pharmazeutischen Betrieb, der Medikamente überprüft. Er ist zehn Jahre älter als sie und hat eine Glatze. Sie sind beide ausgeglichene, liebe Leute, die nur für ihre Kinder leben. Ich habe die zwei ganz gern. Sie sind unkompliziert. Die Abende mit ihnen sind ermüdend, aber beruhigend.

Im Hausflur hing wie immer der etwas säuerliche Geruch der Hinterhäuser. Ich atmete in mein Taschentuch, während ich die Treppen hochstieg. Als ich klingelte, wurde die Tür aufgerissen. Die ganze Familie, sie haben drei Jungen, stürzte sich auf mich, um mich zu umarmen. Ich verteilte Schokolade. Dann ging ich ins Kinderzimmer und bekam ein elektrisches Auto vorgeführt. Die drei Kinder stritten sich heftig, und ich war erleichtert, als Charlotte sie ins Bad schickte. Sie führte mich durch die Wohnung. Bei Charlotte gibt es jedesmal etwas Neues zu besichtigen. Ihr Mann ist Heimwerker und baut überall Regale ein und bringt Holzverkleidungen an. Diesmal hatte ich eine verstellbare Deckenkonstruktion im Korridor zu bewundern, die bedrohlich wirkte. Ich lobte ihn, und er strahlte mich an. Er ähnelt einem Papa aus einem französischen Film, den ich vor längerer Zeit sah.

Später aßen wir im Wohnzimmer eine Käsefondue. Charlotte und Michael erzählten von den Kindern, was sie angestellt und gesagt hatten. Sie fielen sich gegenseitig ins Wort und amüsierten sich sehr. Dann zeigte Michael ein paar Dias von einer Reise nach Luxemburg. Ich trank viel, weil ich mich langweilte. Als Charlotte einen Schwips hatte, spottete sie über Michaels Glatze und daß er so alt sei. Michael lachte nur. Er war an diese Scherze gewöhnt.

In der Küche erzählte mir Charlotte, daß sie ein Verhältnis mit einem Fernstudenten habe. Er komme alle sechs Wochen nach Berlin, und sie schliefen in seinem möblierten Zimmer zusammen. Er sei gleichfalls verheiratet. Sie wollte wissen, ob sie es Michael erzählen solle. Ich fragte, ob sie sich denn scheiden lassen möchte. Sie verneinte es. Sie konnte nicht einmal sagen, ob sie diesen Fernstudenten liebe. Es sei nur sexuell, und sie wollte wissen, ob ich das verstehe. Ich sagte, daß ich es verstehen könne, und sie erwiderte, sie könne es nicht verstehen, wo doch Michael so gut sei. Sie fühle sich ganz schlecht und verachte sich, schlafe aber weiter mit dem Studenten. Dann verbrühte sie sich mit dem Kaffeewasser die Hand, und Michael kam in die Küche und sprühte Panthenolspray auf die gerötete Haut.

Nach dem Kaffee verabschiedete ich mich. Michael brachte mich runter. Er wollte mir helfen, ein Taxi zu finden. Auf der Straße umarmte er mich zum Abschied. Er versuchte, mich zu küssen. Ich sagte ihm freundlich, daß wir so etwas unterlassen sollten. Er wurde verlegen und putzte die beschlagene Brille. Ich bat ihn, nach oben zu gehen. Ich wollte allein auf ein freies Taxi warten, doch er blieb bei mir. Er erzählte von einem Kongreß in Basel, von den Sachen, die er dort für Charlotte und die Kinder gekauft habe.

Als endlich ein Taxi hielt, versuchte er nochmals, mich zu küssen. Dabei fiel ihm die Brille runter, und ich mußte sie ihm aufheben, weil er sie nicht sah. Mit traurigen Hundeaugen stand er am Straßenrand und winkte mir.

5

Samstag früh klingelte Henry bei mir. Er stand in der Tür, den Filzhut zurückgeschoben und lächelte mich an, ohne etwas zu sagen. Ich fragte ihn, wo er gewesen sei, und er sagte, daß er mit mir schlafen wolle. Er zog mich aus, und wir liebten uns den ganzen Vormittag. Zwischendurch machte ich uns Frühstück, und er erzählte, daß er eine Woche in Ungarn gewesen wäre. Mit einigen Kollegen hatte er Großstädte besucht, um sich dort Rekonstruktionen technischer Anlagen anzusehen. Es habe ihm Spaß gemacht, aber insgesamt sei es etwas anstrengend gewesen. Die Kollegen hätten alle sehr viel getrunken. Schon am Morgen sei man in die Cafés gegangen, und da er selten Alkohol trinke, habe er nur gestört. Er erzählte von den ungarischen Bauernmärkten und den Thermalbädern. Als ich ihn fragte, warum er mir nicht gesagt habe, daß er verreise, schwieg er. Ich lag neben ihm und wartete darauf, daß er antwortete. Ich spürte, daß er verärgert war, aber es war mir gleichgültig.

Ich dachte, sagte er schließlich, wir hätten eine Vereinbarung.

Dann rauchte er und sah mich an. Ich sagte, daß ich auf ihn gewartet hätte, daß ich beunruhigt gewesen sei. Er drehte sich weg und sagte grob, ich solle das bleiben lassen, wir seien nicht verheiratet.

Ich stand auf, zog meinen Bademantel über und ging in die Küche, um das Geschirr abzuwaschen. Als ich ins Zimmer zurückkam, lag er im Bett und las in einer Zeitschrift. Er fragte, ob er gehen solle, und ich schüttelte den Kopf. Ich setzte mich aufs Bett und sagte ihm, daß ich ihn sehr gern habe, und er entgegnete, ich solle aufpassen, daß ich mich nicht in ihn verliebe. Er sei dafür ungeeignet. Wir küßten uns, und er zog mich wieder ins Bett.

Am frühen Nachmittag fuhren wir aus der Stadt raus. Ich nahm die Tasche mit den Fotoapparaten und den Objektiven mit.

In einem Dorfgasthaus aßen wir Rührei und Käse. Die Mittagszeit war vorbei, und der Wirt hatte nur widerwillig unsere Bestellung entgegengenommen.

Außer uns saßen drei alte Männer in der Gaststätte. Sie betrachteten uns schweigend und rauchten. Solange wir im Raum waren, sahen sie zu uns herüber und sagten kein Wort. Der Wirt brachte ihnen Bier, nachdem er unser Essen serviert hatte, und setzte sich zu ihnen.

Ich sagte zu Henry, daß die Männer all unsere Bewegungen genau verfolgen würden. Gewiß haben sie uns erkannt, scherzte ich. Henry ging auf das Spiel ein. Kein Wunder, alberte er, unsere verdammten Steckbriefe hängen ja überall. Er sagte, ich solle die Alten im Auge behalten, er würde den Wirt übernehmen. Falls er telefonieren sollte, würde er ihn ohne Anruf abknallen. Ich müßte dann die Alten in Schach halten, während er zum Wagen rennen und den Motor starten würde.

Henry zog den Filzhut ins Gesicht. Seine Augen leuchteten. Ich sagte, vielleicht habe der Wirt bereits in der Küche telefoniert, und die Polizei sei schon unterwegs.

Das ist möglich, flüsterte er verschwörerisch. In diesem Fall würde er seine Haut so teuer wie möglich verkaufen.

Wir nickten uns entschlossen zu.

Dann kam die Frau aus der Küche. Sie stellte sich neben unseren Tisch und fragte, ob es geschmeckt habe. Es sei schon reichlich spät, sonst habe sie immer ein gutes Mittagessen. Sie wollte wissen, ob wir aus Berlin kämen und die Choriner Straße kennen würden. Dort wohne ihre Tochter. Sie sei mit einem Bäckermeister verheiratet und habe überhaupt keine Sehnsucht mehr nach ihrem Heimatdorf.

Als wir zahlen wollten, sagte sie, das mache der Chef selbst. Sie rief den Wirt. Er kam und kassierte mürrisch das Geld, und sie blieb an unserem Tisch stehen. Sie wünschte uns einen guten Tag und eine gute Fahrt.

Beim Hinausgehen drehte ich mich zu den drei alten

Männern um. Sie betrachteten mich unbewegt. Ich nickte ihnen zu, und sie lächelten dankbar zurück.

Die Eisbude neben der Gaststätte war jetzt geöffnet. Mehrere junge Leute mit Motorrädern standen und saßen davor. Andere fuhren langsam um die Gruppe herum, hielten und sahen zu uns herüber.

An unserem Auto standen zwei junge Mädchen. Sie fragten, ob wir sie mitnehmen könnten. Ich fragte, wohin sie müßten, und sie sagten: Das kommt darauf an, wo Sie hinfahren. Sie grinsten mich an. Ich begriff nicht, was sie wollten, und sie lachten mich aus.

Dann gingen sie zu Henry und fragten ihn, und Henry antwortete etwas, was ich nicht verstand. Die Mädchen steckten ihm die Zunge raus und sagten, er sei eine verklemmte schwule Fotze. Dann gingen sie zur Gruppe vor der Eisbude. Sie waren vielleicht fünfzehn Jahre alt.

Wir stiegen ins Auto. Ein Junge rief uns etwas zu, und die anderen lachten. Als Henry losfuhr, warf einer eine Handvoll Kiesel und Sand gegen die Scheiben. Henry stoppte sofort, aber ich bat ihn, weiterzufahren.

Ich fragte ihn, was er den Mädchen gesagt hätte.

Nichts, erwiderte er, nichts Besonderes. Nur daß ich sie nicht mitnehme.

Ich drehte mich um und betrachtete die schnell entschwindende Gruppe mit den Motorrädern.

Sie langweilen sich, sagte ich.

Ja, sagte Henry, sie langweilen sich. Sie werden sich ihr ganzes Leben langweilen.

Ich hatte die Landkarte auf den Knien und versuchte, auf ihr ein Fahrziel zu finden. Ich entschied mich für eine Siedlung, die der Karte nach an einem Fluß liegen mußte. Eine Mühle war eingezeichnet, und ich hoffte, sie sei ein geeignetes Fotoobjekt.

Henry fuhr wie immer schnell. Während ich die Karte betrachtete, erzählte er von den Grachten in Amsterdam. Er hatte sie als Kind gesehen. In seinen Träumen stünde er oft an den Grachten. Sie mußten ihn sehr beeindruckt haben.

Vor uns auf der Landstraße fuhr ein Traktor. Dann ging alles sehr schnell. Ich hatte den Kopf über die Karte gebeugt. Ich merkte, wie Henry den Wagen beschleunigte und aus der Spur lenkte. Als ich aufsah, stand der Traktor seitlich vor uns. Henry trat auf die Bremse, riß den Wagen nach links, gab Gas, bremste und riß mit beiden Händen am Steuer. Ich fiel nach vorn in den Gurt und stützte mich an der Scheibe ab. Ein Hinterrad des Traktors verdeckte für einen Moment das rechte Türfenster. Der Wagen prallte nach oben und fiel zurück. Ich stieß mit dem Kopf gegen das Dach und klammerte mich an Henry. Das Bodenblech oder der Auspuff schlugen mehrmals metallen und hart auf. Der Wagen schlingerte heftig und wurde endlich langsamer. Als Henry ihn zum Stehen brachte, sah ich nach dem Traktor, der jetzt quer auf der Fahrbahn stand. Der Fahrer lag über dem riesigen Lenkrad, bewegungslos. Ich sah nur seinen kopflosen Rücken und stieß wohl einen Schrei aus. Henry faßte meinen Arm und fragte, ob alles in Ordnung sei. Ich zeigte auf den Traktorfahrer. Wortlos streckte ich meine Hand in seine Richtung. Im gleichen Augenblick richtete sich dieser auf, sah sich um und kletterte von dem Fahrzeug.

Noch einmal gut gegangen, sagte Henry und lächelte mich beruhigend an.

Wir standen auf einem Kartoffelfeld. Den schmalen, tiefen Graben, der uns von der Straße trennte, mußte der Wagen übersprungen haben. Ich atmete tief durch und erwiderte nichts.

Der Bauer war um seinen Traktor herumgegangen und kam jetzt zu uns. Er riß Henrys Tür auf und schrie ihn an, ob er verrückt sei, ob er ihn nicht gesehen habe. Er hörte nicht auf zu schreien.

Henry stieg aus, warf einen kurzen Blick auf den Wagen und fragte den Bauern, ob an seinem Fahrzeug irgend etwas kaputt sei. Der Bauer schrie weiter, er habe lange zuvor geblinkt und sei schon auf der linken Fahrspur gewesen, als Henry ihn überholen wollte. Henry fragte ihn nochmals, ob an seinem Fahrzeug ein Schaden entstanden sei. Der Bauer verneinte und faßte Henry am Jackett. Ob er denn nicht begreife, daß er um ein Haar mit seinem Traktor unseren Wagen zerquetscht hätte. Zerquetscht wie . . . Er suchte nach einem Wort, aber in seiner Erregung fiel ihm nichts ein.

Um ein Haar, sagte Henry sanft.

Ich konnte sein Gesicht nicht sehen, aber ich spürte am Ton seiner Stimme, daß er lächelte.

Um ein Haar, wiederholte er, was geschieht nicht alles um ein Haar.

Der Bauer ließ ihn los, trat einen Schritt zurück und sah Henry fassungslos an.

Ich zeige dich an, sagte er heiser.

Dann holte er aus und schlug seine Faust in Henrys Gesicht. Henry stolperte zurück, fiel auf die Motorhaube, sein Kopf schlug aufs Blech. Er blieb liegen. Direkt vor mir, wenige Zentimeter entfernt, getrennt nur durch die Windschutzscheibe, lag sein Kopf. Die Augen waren geschlossen. Ich sprang aus dem Wagen und faßte Henry an. Er war besinnungslos.

Holen Sie Wasser, rief ich dem Bauern zu. Der stand blaß und bewegungslos vor dem Auto. Ich sagte ihm nochmals, er solle Wasser holen. Ich ließ Henry langsam auf die Erde gleiten. Als ich seinen Kopf anhob, öffnete er die Augen und sah mich an. Der Bauer kam über den Graben gestiefelt. In der Hand hielt er eine Flasche, halbvoll mit rötlicher Limonade.

Henry sagte, es sei alles okay, und stand auf. Er betastete seinen linken Wangenknochen. Ich sagte, es sei besser, er würde noch etwas liegenbleiben, doch er bestand darauf, sofort weiterzufahren.

Der Bauer stand unschlüssig mit seiner Flasche am Wagen. Seine Wut war verraucht, und er brummte vor sich hin.

Ich sagte ihm, es sei alles in Ordnung, und er könne weiterfahren.

So? fragte er mißtrauisch.

Er war vielleicht vierzig Jahre, durch seinen Stoppelbart und das herunterhängende Kinn wirkte er älter.

Viel hätte nicht gefehlt, sagte er, viel nicht.

Henry kauerte hinter dem Wagen und betrachtete die Unterseite der Karosserie.

Gehn Sie schon, sagte ich, gehn Sie endlich.

Und da er sich unentschlossen den Kopf kratzte, fügte ich hinzu: Sie können unbesorgt sein, ich bin Ärztin.

Verrückt so was, sagte er, viel hätte nicht gefehlt.

Er drehte sich um und ging zu seinem Traktor. Bevor er losfuhr, sah er zu uns. Er schüttelte den Kopf.

Ich setzte mich ans Steuer. Henry sah mich mit zusammengekniffenen Augen an, sagte aber nichts und stieg ein. Ich fuhr ein Stück auf dem Kartoffelacker entlang, bis ich einen Übergang zur Straße fand. Die Räder wühlten sich in die weiche Erde.

Auf der Chaussee fragte ich Henry, ob er nicht gesehen habe, daß der Traktor links abbiege. Er sagte, er hätte ihn zuvor noch überholen wollen. Und dann setzte er hinzu, er habe den Wagen eine Sekunde zu spät beschleunigt, eine Sekunde, in der er an mich gedacht habe, an mein Unbehagen, schnell zu fahren. Ich schwieg. Ich ärgerte mich, ihn überhaupt gefragt zu haben, und bemühte mich, gut zu fahren.

Von der Mühle waren nur noch Mauerreste und verfaulte Balken zu sehen. Offenbar war sie von der Dorfbevölkerung ausgeschlachtet worden. Überall wucherte Unkraut. Wir mußten vorsichtig laufen, um nicht über in den Brennesseln verborgene Stangen und Eisen zu stolpern.

Ich fotografierte den zerfallenen, ziegellosen Dachstuhl, in dem eine kleine Birke wuchs mit hellen, fast farblosen Blättern. Um sie zu erreichen, mußte ich an den Mauerresten emporklettern. Oben lag Gerümpel, ein altes Radio, verrostete Gartengeräte, ein Holzbock, durchgefaulte, blasige Pappe. Dazwischen Erde, Strohreste, auf einem Eisenträger eine Wasserpfütze, die öligviolett schimmerte. Ich bewegte mich tastend auf die dünne, buschhohe Birke zu, deren verkrümmter Wipfel sich nach außen bog, nach dem freien Feld. Sehnsucht nach dem Wald. Der Spiegel der Kamera erfaßte den Baum, einen freigelegten Eisenträger, den Horizont. Dann kam ein radloser Kinderwagen ins Objektiv. Ich versuchte, weiterzugehen. Ein Stein bröckelte, etwas fiel hinunter. Plötzlich bekam ich einen Schweißausbruch. Ich faßte nach der Mauer und tastete mich zurück. Ich wagte nicht aufzublicken und verwünschte meine Waghalsigkeit. Endlich erreichte ich den Mauervorsprung, wo ich hochgeklettert war. Henry wartete unten. Er bemerkte mich nicht, er spielte mit der Fußspitze an einer

Distel. Er wirkte verloren hier draußen, mit den blanken, schwarzen Schuhen, der enganliegenden Weste und dem Filzhut. Er stand gelangweilt in dem wild wuchernden Unkraut, zwischen Mauerresten und verfaulenden Balken, vor den dunklen, vielleicht schon abgestorbenen Weiden am Flußrand, wie in einer Gesellschaft, in der er keinen kennt und nur mühsam sein Unbehagen verbergen kann.

Ich rief ihn. Er sah zu mir hoch und fragte, ob ich fertig sei. Ich fragte ihn, ob er sich langweile, und er meinte, es sei erträglich. Er half mir herunterzuklettern und wollte wissen, was ich oben fotografiert habe. Ich sagte es ihm, und er sah mich so verständnislos an, daß ich auflachte und ihn umarmte.

Später liefen wir durch den Wald. Henry war damit beschäftigt, Büschen und Zweigen auszuweichen. Es war ihm anzumerken, daß er den Spaziergang als eine unnötige und sinnlose Strapaze empfand. Es bedeutete ihm offensichtlich nichts, zwischen Bäumen hindurchzulaufen, auf federnden Moosboden zu treten, die Stimmen und Geräusche eines Waldes zu hören. Die Landschaft gehörte nicht zu ihm, er konnte sich in ihr nicht bewegen. Der weiche, etwas morastige Boden, die von Spinnweben überzogenen Sträucher, die abgefallenen Äste, die unter unseren Schuhen leise knackten, alles spiegelte sich in seinem Gesicht, in seinen Bewegungen als Überdruß wider. Er war ein Stadtmensch. Es bedeutete ihm nichts, hier draußen zu sein. Anfangs redete ich fortwährend auf ihn ein, zeigte ihm, was mir auffiel, hüpfte vor ihm her und war fest entschlossen, sein gelangweiltes Benehmen nicht wahrzuhaben. Als er mit dem Fuß in eine Fuchshöhle trat und gereizt fluchte, fragte ich ihn, was er am Sonntag vorhabe. Er stand auf einem Bein und betastete den Knöchel. Dann trat er vorsichtig auf, humpelte und sagte, daß er morgen zu seiner Frau fahre.

Die Antwort nahm mir für Augenblicke den Atem. Ich war unfähig, einen Gedanken zu fassen. Mein Gehirn kreiste taumelnd um dieses Wort. Ich wollte etwas sagen, eine unverbindliche Phrase, um ihm meine Gelassenheit zu demonstrieren, und zermarterte mir den

Kopf. Stell dich nicht so an, sagte ich mir, du wirst doch nicht so blöd sein. Vor Wut hätte ich laut aufheulen können. Ich fühlte mich gedemütigt, hintergangen. Er hatte mir nichts gesagt. Nie hatte er von einer Frau gesprochen, davon, daß er verheiratet sei. Und nun die unvermutete Mitteilung. Seine Frau. Er erzählte es ganz nebenbei. Irgendwo hatte er eine Frau, auch zwei Kinder. Ich fühlte mich maßlos gekränkt. Warum hatte er es mir nicht gesagt, warum nur. Warum sagte er es jetzt.

Ich lief immer weiter. Ich lief, um nicht hinzufallen. Der Wunsch, jetzt allein zu sein, mich hinzuwerfen und laut zu heulen.

Ich wollte ihn nicht haben. Ich hatte nie die Absicht, ihn für mich haben zu wollen. Ich war seit langem fest entschlossen, nie wieder zu heiraten, nie wieder irgendeinem Menschen das kleinste Recht über mich einzuräumen. Unsere stillschweigende Übereinkunft, daß keiner für den anderen verantwortlich sei, daß keiner sich vor dem anderen zu verantworten habe, nahm ich sehr ernst. Ich war überzeugt, daß ich niemals meine Distanz zu Menschen aufgeben durfte, um nicht hintergangen zu werden, um mich nicht selbst zu hintergehen. Im Hintergrund das Wissen um meine stete Bereitschaft, mich aufzugeben, Sehnsucht nach der Infantilität. Der schwere, süßliche Wunsch, geborgen zu sein. Wie der drückende und doch angenehme Duft von verwelkenden Totenblumen. Ich war gegen mich gewappnet.

Und nun seine lapidar vorgebrachte Auskunft, das unklare Gefühl, wiederum betrogen zu sein. Ein Entsetzen, das mein Gehirn lähmte, den Atem nahm. Warum, warum aber. Ich war nichts anderes als das Verhältnis eines verheirateten Mannes. Das übliche, lächerliche, tausendfach durchgespielte, banale Verhältnis. Vorgeprägtes Muster einer Flucht. Der geradezu normierte, langweilende Ausgang aus einer Pflicht, aufrechterhalten aus dem höheren Interesse von Herrschaft, unhaltbar in Gedanken, Worten und Werken.

Mir war übel. Mein Gesicht brannte vor Scham. Ich lief immer weiter in den Wald, die Zweige schlugen gegen meine Knie, in mein Gesicht. Ich spürte den Herzschlag. Dann die näher kommenden Schritte Henrys. Plötzlich eine Natter vor mir, die sich rasch vom Stein ins Gebüsch schlängelte. Ich erschrak, knickte um. Ich verwünschte die hohen Absätze. Ich humpelte weiter. Henrys Hand packte mich am Arm, riß mich herum. Warum rennst du, keuchte er, was hast du. Er faßte nach meinem Gesicht, ich wich zurück. Sein rechtes Auge war fast zugeschwollen, der obere Wangenknochen bläulich verfärbt. Die Schwellung verzerrte sein Gesicht. Eine groteske Maske, die mich anschrie.

Nach Luft ringend, stand er vor mir. Er versuchte, zu Atem zu kommen. Sein Kopf ging keuchend auf und nieder. Dabei starrte er mich stumpfsinnig an. Warum lachst du, fragte er. Er schüttelte meinen Arm, warum lachst du. Er griff so fest zu, daß es mir weh tat. Dein Auge, konnte ich nur hervorbringen und merkte erst jetzt, daß ich laut und hysterisch lachte. Ich schüttelte mich vor Lachen. Nur nicht aufhören, dachte ich und lachte weiter, immer weiter. Ich spürte, wie meine Kehle sich zuschnürte, sich verengte. Du wirst heiser, kam mir in den Kopf. Ich versuchte, weiterzulaufen. Mit beiden Händen schüttelte er mich, riß an mir. Schlag nur zu, dachte ich, du willst doch jetzt schlagen, du brauchst es doch jetzt. Warum lachst du, fauchte er böse. Ich machte mich los, lief weiter. Er packte meine Schulter, warf sich auf mich, wir fielen auf feuchten Erdboden. Im Rücken spürte ich etwas Hartes, eine Baumwurzel vielleicht. Oder Abfall. Er riß an meinen Sachen, und ich klammerte mich an ihn. Sein Mund lag neben meinem Ohr. Er keuchte. Noch immer sein: Warum lachst du. Er streifte mein Kleid hoch, zerrte an der Hose. Ich grub die Finger in seinen Nacken. Vor meinen Augen tanzte ein Zweig mit stumpfen, glanzlosen Blättern. Ich spürte, wie Tränen mir ins Ohr liefen. Und immerzu dieser Zweig, ein fahles Blattgrün, durchsetzt von Lichtern und den bräunlichen Schatten des Waldes. Schatten und Licht, Hell Dunkel, Vordergrund Hintergrund, die Kühle der Erde, die Baumwurzel, die meinen Rücken wund rieb. Nein, dachte ich, nein. Dann löste sich meine Wut, meine Verzweiflung. Löste oder vermischte sich unentwirrbar mit einer jäh aufbrechenden Lust, mit den tanzenden Blättern, mit Henrys keuchendem Atem, mit dem Gefühl endgültiger Einsamkeit.

Wir blieben nebeneinander liegen, ohne jede Bewegung, wortlos, halb entblößt. Aus irgendeinem Grunde beschäftigte mich die Frage, wo wohl das Auto stand. Es interessierte mich aber nicht. Es war still im Wald. Ich hielt die Augen geschlossen. Das Licht drang als heller Schleier durch die Lider. Ich wollte ihn nicht sehen, nicht auf seine Fragen antworten, nicht erklären müssen, was ich nicht erklären konnte. Was sollte ich sagen. Ich verstand mich ja selbst nicht.

Irgendwann gingen wir zum Auto und fuhren zurück. Mir war erbärmlich kalt, und ich zitterte. Da ich schwieg, stellte Henry das Autoradio an.

Gegen zehn Uhr waren wir wieder in Berlin. Henry brachte mich bis zur Wohnungstür. Wir vermieden es beide, miteinander zu sprechen. Er verabschiedete sich fast höflich, und auch ich lächelte ihn freundlich an. Einen Kuß auf die Stirn. Bis bald. Schlaf gut. Ich schloß schnell die Tür hinter mir.

Später schrieb ich einen Brief an meine Schwester. Ich zerriß ihn anschließend. Bevor ich ins Bett ging, nahm ich eine Beruhigungstablette. Das war bei mir nichts Besonderes. Dennoch lag ich lange wach. Ich ärgerte mich über mich selbst. Ich stellte den Fernseher an und blickte minutenlang in das helle, bildlose Rauschen. Dann blätterte ich in einer Musikerbiografie und überlegte, ob ich etwas trinken sollte. Im Kühlschrank fand ich eine angebrochene Wodkaflasche und goß mir ein Wasserglas voll ein. Ich stellte es an mein Bett. Es roch und schmeckte widerlich. Ich trank und starrte die Decke an. Es war kurz nach zwei, ich hörte den Fahrstuhl fahren. Ich sagte zu mir, du hast ein bißchen geweint, nun laß es gut sein. Nun wollen wir schlafen. Du willst doch ein großes Mädchen werden. Nein, Mama, ich will es nicht. Ich will kein großes Mädchen werden. Aber du hast noch so viel vor dir. Ich will nicht, Mama, ich will nicht.

6

Ende Juni nahm ich meinen Urlaub. Ich fuhr an die See. Mit Henry hatte ich vereinbart, daß wir den Urlaub getrennt verleben. Ein zeitweiliges Alleinsein, ein Abstand von allen eingegangenen Verpflichtungen, ein Urlaub von der Wirklichkeit. Uneingestanden wohl auch die Furcht vor allzu großer Nähe, dem Verlust an Fremdheit, den ein für Wochen tägliches und stündliches Zusammenleben mit sich bringen würde. Die Vorstellung, im Urlaub Tag für Tag, vierundzwanzig Stunden auf einen anderen Rücksicht zu nehmen, war mir unerträglich. Ebenso der Gedanke, ein anderer müsse sich meinetwegen irgendwie einschränken.

Henry war schnell darauf eingegangen. Er schien sogar erleichtert zu sein.

Am Tag meiner Abfahrt fuhr er zwei Stunden später in sein Büro, um mir noch den Koffer zum Wagen zu tragen. Wir setzten uns in das Café gegenüber. Henry hielt meine Hand und sah mich schweigend an. Am Nachbartisch saßen zwei Frauen, beide Mitte Vierzig, beide mit gefärbten Haaren, blond und rotblond.

Blond hielt in der offenen, rechten Hand einen Ring und eine Kette, die sie gedankenverloren immer wieder mit den Fingern der anderen Hand hochnahm und in den Handteller zurückfallen ließ. Dabei liefen ihr unaufhörlich Tränen über das stark geschminkte Gesicht und verschmierten es. Sie heulte fast tonlos. Nur ein zartes, sehr hohes Wimmern war zu hören.

Rotblond redete auf sie ein. Sie stieß kurze Sätze aus und sah dann dumpf und mit hilflos hängendem Kinn die Freundin an. Blond reagierte überhaupt nicht. Rotblond sagte, daß irgend jemand ein brutales Schwein sei, dem man mit dem Absatz in die Eier treten sollte. Dann erkundigte sie sich, was er gesagt habe. Da sie keine

Antwort bekam, ließ sie wieder ihr Kinn hängen. Ihr schwarzer Rock war hochgerutscht. Sie schwitzte. Sie trank den Schnaps aus und sagte: Er hat angewachsene Ohrläppchen. Solche mit solchen Ohrläppchen sind schlechte Menschen.

Ich lächelte. Ich kannte das Spiel.

Blond schüttelte langsam den Kopf. Sie hob die Augen nicht vom Schmuck in ihrer Hand, als sie sagte: Nein, er ist nicht schlecht. Nur zu jung.

Die Freundin sah sie unzufrieden an, widersprach jedoch nicht. Sie schwiegen beide. Dann fragte Rotblond wieder: Aber irgend etwas muß er doch gesagt haben.

Doch Blond antwortete nicht und heulte leise weiter.

Henry stieß mich an. Er legte seine Hand auf meinen Bauch und sagte, daß er jetzt mit mir schlafen wolle. Ich schob seine Hand weg und sagte, daß ich losfahren müsse. Ich wollte vor der Mittagshitze an der See sein. Ich bezahlte, und wir standen auf.

Beim Hinausgehen drehte ich mich nach den beiden Frauen um. Ich sah jetzt, daß Blond in ihren Haaren einen großen Schmetterling aus rotem Straß trug. Er baumelte an einer Haarsträhne neben ihrem rechten Auge. Ein glitzerndes Versprechen in ihrem mir namenlosen Unglück, das lächelnde und lächerliche Freudenfeuer Butterfly auf einem verfetteten Gesicht.

Am Wagen küßten wir uns. Als ich abfuhr, sah er mir nach, die Hände in den Westentaschen.

Wie in jedem Jahr verbrachte ich den Urlaub in einem Dorf am Achterwasser. Meine Wirtsleute waren Bauern. Im Dorf galt ich als Kusine der Frau, da die Einwohner keine Feriengäste aufnehmen dürfen. Ich hatte ein Zimmer im ersten Stock, eine Mansarde mit Bett und Schrank. Daß kein Sessel oder Stuhl im Zimmer stand, störte mich nicht. Im Urlaub gehe ich früh ins Bett.

Manchmal saß ich am Abend mit Gertrud und Jochen zusammen, meinen Wirtsleuten. Sie erzählen gern von ihren Kindern. Sie haben zwei Töchter. Die jüngere arbeitet als Köchin in der Kreisstadt, und die ältere ist seit vorigem Herbst verheiratet. Sie lebt im Nachbardorf. Die Hochzeitsfeier hatte zwölftausend Mark gekostet, und die Gäste wurden mit zwei Bussen zur Kirche transportiert. Gertrud und Jochen erzählen viel von der Hochzeitsfeier.

Meistens liege ich bereits im Bett, wenn die beiden ins Haus kommen. Neben ihrer Arbeit in der Genossenschaft haben sie noch ihre private Viehhaltung, Kühe, Schweine und Hühner. Deshalb müssen sie jeden Tag um fünf aufstehen und haben bis acht Uhr abends zu tun. Ich glaube, sie arbeiten des Geldes wegen so viel, aber genau weiß ich es nicht. Vielleicht können sie sich ein anderes Leben überhaupt nicht vorstellen. Ich fragte sie einmal, aber entweder verstanden sie meine Frage nicht, oder sie wollten nicht mit mir darüber sprechen. Es ist schließlich ihre Angelegenheit, und sie müssen mir nichts sagen. Es interessiert mich auch nicht. Wahrscheinlich fragte ich sie damals, weil es mir irgendwie absurd erschien. Aber sie sind ja mit ihrem Leben zufrieden, und manchmal beneide ich sie darum, um diese Zufriedenheit. Irgendwie ist es eine schöne Verrücktheit, so hart zu arbeiten und dann für die Hochzeit der Tochter so viel Geld auszugeben. Jedenfalls haben sie ihren Spaß daran und wollen nichts anderes.

Früher half ich ihnen gelegentlich bei der Stallarbeit. Ich warf Strohbündel vom Stallboden herunter oder schnitt das Brot für die Hühner. Ich habe auch schon zusammen mit Gertrud den Hühnern die Flügel gestutzt. Aber die beiden haben es nicht gern, wenn ich ihnen helfe. Jochen sagte, daß sie die Arbeit gut allein schaffen würden, ich solle mich erholen. So mache ich mir abends nur mein Essen in der Küche und gehe dann auf mein Zimmer. Ich lese ein wenig, schlafe aber bald ein. An der See werde ich schnell müde.

Tagsüber liege ich am Strand. Da im Dorf nur wenige Urlauber sind, Verwandte oder vorgebliche Verwandte wie ich, ist es am Achterwasser ruhig. Meistens liege ich ganz allein dort. Ein paar Halbwüchsige aus dem Dorf tauchen regelmäßig mit Motorrädern und Fahrrädern auf. Sie bleiben in einiger Entfernung von mir stehen und schauen zu mir herüber. Irgendwann fahren sie ab, kommen aber bald wieder.

In den ersten Tagen hatte ich mich ohne Badeanzug gesonnt. Wahrscheinlich hofften sie, mich noch einmal nackt zu sehen. Die Schulferien sind so lang, und sie haben nichts weiter zu tun. Ich war ihr einziges Ereignis. Ich hätte mich gern weiter nackt gesonnt, doch im Dorf hätte es Ärger gegeben, den ich meinen Wirtsleuten ersparen wollte.

An Henry schrieb ich zwei Ansichtskarten. Belanglose Mitteilungen über auswechselbare Gefühle. Ein dummer Text, der mir selbst unangenehm war. Ich fühlte mich nicht fähig, wirklich etwas mitzuteilen. Es sind bereits diese Ansichtskarten, die mich lähmen. Der zugeteilte Freiraum für die privaten Äußerungen, eine Nötigung zu analphabetischen Dreiwortsätzen. Dazu die retuschierte Fotografie, die sich unabweisbar zu Absender und Text ins Verhältnis setzt. Möglicherweise noch ein vorgestanzter Gruß, eine emphatische Zeile, die vorgibt, herzlich zu sein. Natürlich hätte ich Briefe schreiben können, aber ich hatte ihm nichts zu sagen.

Daß ich mich nach ihm sehne. Sehnsucht habe. Ein zu unbestimmtes, löchriges Wort für einen gelegentlichen, einfachen Wunsch. Sehnsucht als Faden, der das Land zwischen uns mit einem Spinnennetz überzieht, gefühlsträchtig. An das die Einsamkeit ihre Opfer hängt, einklebt, aufdornt.

Am zweiten Wochenende fuhr ich in ein Nachbardorf. Ich war von einem Zahnarzt eingeladen, der dort ein Sommerhaus besitzt und in Berlin an der Charité arbeitet. Ich lernte ihn vor Jahren hier kennen, ihn und seine jetzige Frau. In Berlin telefonieren wir gelegentlich miteinander, verabreden uns auch, sehen uns aber nur im Urlaub.

Fred stand in der Tür, als ich aus dem Wagen stieg. Wir küßten uns und gingen ins Haus. Wir tranken einen Aperitif und versicherten uns gegenseitig, wie gut wir aussähen. Er sprach mit lauter Stimme, er wirkte vergnügt. Als er mir nachgießen wollte, lehnte ich ab.

Er redete unaufhörlich auf mich ein. Vielleicht freute er sich, daß ich gekommen war, vielleicht war er nur unruhig. Er trank viel und sprach über sein Haus, über Reparaturen am Dach: Zwanzig Bund Schilf hab ich bezahlt. Gebracht haben sie mir zwölf. Sie sagen, es war ein schlechter Winter. Weißt du, sie schneiden Schilf nur, wenn die See gefroren ist. Ich bin mal mitgegangen. Mit einer Sichel, immer dicht über dem Eis. Wenn es nicht zufriert, schneiden sie nichts.

Er lag auf dem Sofa, die Beine auf meinem Sessel und massierte fortwährend seine Finger: Außerdem macht das keiner mehr. Nur ein paar Alte. Und es geht reißend weg. Schilfdach, das ist unübertroffen.

Er stieß mich mit der Schuhspitze an: Immer noch solo?

Ich war verwirrt. Seine Frage kam überraschend, und ich sagte: Ja. Dann fügte ich schnell hinzu: So ziemlich.

Meckernd lachte er und meinte zufrieden: Ich verstehe. Er warf mir einen schmierigen Blick zu, einen Blick voll von triefendem Einverständnis.

So ziemlich, wiederholte er für sich. Dann trank er sein Glas aus und redete wieder über das Haus.

Später kam Maria ins Zimmer, ging zur Anrichte und goß sich einen Schnaps ein. Wir schwiegen und sahen ihr zu. Fred betrachtete sie nervös und sagte dann: Claudia ist angekommen.

Maria drehte sich nach mir um, nickte und murmelte einen Gruß. Mit dem Glas in der Hand verließ sie das Zimmer. Fred schloß die Augen und sagte müde: Sie ist eine dumme Gans, jedenfalls so ziemlich.

Ich lachte, wußte aber nicht warum.

Maria ist seine dritte Frau. Sie war, wie die vorhergehenden Ehefrauen, zuvor Sprechstundenhilfe bei ihm und mutmaßte jetzt, daß er sie mit der neuen Schwester betrog. Das jedenfalls behauptete Fred.

Wir aßen in der Küche zu Mittag, einem großen Raum mit einem riesigen Fenster und Bauernmöbeln oder was man heute dafür hält. Hier auf den Dörfern hat keiner der Bauern solche Möbel. Sie wirken zierlich, und man sitzt auf ihnen nicht bequem.

Es gab Fischfilet und pommes frites, beides aus der Tiefkühltruhe. Maria aß nichts. Sie saß am Tisch, rauchte ihre Zigaretten, eine nach der anderen, und sah uns zu.

Erzähl was, forderte sie mich auf, erzähl einen Witz oder irgend etwas anderes.

Ja, erzähl ihr einen Witz, meinte Fred freundlich, und erklär ihn ihr anschließend.

Maria sah ausdruckslos auf ihre Zigarette. Sie schien nicht zuzuhören. Sie war blaß und wirkte müde. Vielleicht stand sie unter Drogen. Als sie bemerkte, daß ich sie anstarrte, fuhr sie mit der Hand durch ihr rötliches Haar und lächelte. Mir fielen ihre Fingernägel auf, ein brüchiges, ausgefranstes Rot auf grauem, abgebissenem Horn. Ich erinnerte mich an die Schulzeit: Ich war sechzehn oder siebzehn, als ich die Leute nach der Beschaffenheit ihrer Ohrläppchen und Fingernägel charakterisierte. Eine teuflische Manie, mit der ich Freundinnen auszeichnete oder zu Tränen trieb. Ein Spiel, dem ich selbst verfallen war, hilflos gegenüber seinen sich aller Logik und jeder Erfahrung entziehenden Begründungen. Und mit der Sicherheit und Arroganz jenes Alters entschied ich, bestimmte unwiderruflich, ordnete ich so meine kleine Welt. Ein dummes, ein böses Spiel, was richtete man an.

Marias unsaubere, kindliche Fingernägel. Ich hatte Lust, ihr Haar zurückzustreichen, um ihre Ohrläppchen zu sehen.

Fred bemerkte, daß ich sie ansah. Er ging zu ihr, drückte einen Finger auf ihr rechtes Wangenbein und zog das Augenlid nach unten. Er lächelte mich an: Schau, eine gut ausgebildete narzistische Hypochondrie. Ich möchte sie klassisch nennen.

Schwein, sagte Maria ruhig. Sie blieb unbewegt sitzen und wehrte ihn nicht ab.

Fred ließ sich nicht unterbrechen: Dazu eine Anlage zur Hysterie, als Ergebnis verdrängter Triebe und unverarbeiteter Außenreize. Du mußt wissen, sie leidet. Sie ist unverstanden, unterdrückt, kastriert. Sie hat irgendwo gelesen, daß die moderne, selbstbewußte Frau unglücklich zu sein hat, und sie will auch eine moderne, selbstbewußte Frau sein. Also hat sie Depressionen. Ach, Gott, wie depressiv sie ist. Und der Schuldige an dem ganzen Elend bin ich, der Mann, das Ungeheuer, der Patriarch. Der ihr beständig seinen Willen und seinen Penis aufdrängt. Eine Systemneurose: Macht kaputt, was euch kaputt macht und so weiter. Unter ihrem Kopfkissen hat sie ein großes Küchenmesser, um mir die Eier abzuschneiden, falls es meiner maskulinen Perversion gelüsten sollte, sie zu bumsen. Als ihr Ehemann und Arzt kann ich zwei Spätfolgen diagnostizieren: erstens, ihre Kochkünste, mit denen es nie weit her war, verkümmern galoppierend. Zweitens, die Idiotie wächst dazu proportional. Sie wird verrückt. Als Arzt gebe ich ihr höchstens zwei Jahre, als Ehemann bin ich weniger optimistisch.

Fred tätschelte ihr die Wange. Maria starrte auf ihre Zigarette. Sie reagierte nicht auf ihn. Ich sagte, daß ich mich gern hinlegen würde, und stand auf.

Fred stellte sich mir in den Weg: Habe ich dir schon erzählt, daß sie sich von jedem Kerl bumsen läßt. Ich habe sie einmal erwischt. Ich komme nach Hause und hallihallo –

Ich schob ihn zur Seite und ging in mein Zimmer hoch. Ich versuchte einzuschlafen. Ich dachte an Marias dünnes, blasses Gesicht. Ich fragte mich, wozu ich hergekommen war. Ihre Streitereien kannte ich von den vergangenen Besuchen. Warum mir jedes Jahr seine Tiraden anhören und ihre Verzweiflung erleben, all das, was sie so aussichtslos miteinander verbindet.

Als ich aufwachte, stand Fred vor meinem Bett. Er sagte, daß Henry gekommen sei. Ich verstand ihn zuerst nicht. Ich war zu verschlafen und überrascht. Außerdem hatte Fred gesagt, daß mein „So-ziemlich" unten sei, und ich brauchte Zeit, bis ich begriff, daß er Henry meinte. Ich bat ihn, zu bestellen, daß ich gleich komme, aber er blieb neben dem Bett stehen. Ich sagte, daß ich mich anziehen wolle und er aus dem Zimmer gehen möchte. Er lachte albern, nahm meine Wäsche und reichte sie mir. Einen Moment sahen wir uns wortlos an. Ich wußte, welches Spiel nun folgen würde. Ich sollte ihn anbetteln, aus dem Zimmer zu gehen. Er würde sich weigern. Ich sollte schimpfen, laut werden, ihn anschreien, bis Maria oder Henry ins Zimmer kämen. Dann würde er den Überlegenen mimen, der das kleine Häschen verängstigt hatte. Er würde es als Spaß hinstellen, um mein verquetschtes Sexualleben offenzulegen. Er würde Henry lauthals bedauern und den ganzen Abend darüber sprechen, auch wenn keiner mehr bereit war, auch nur noch ein Wort darüber anzuhören. Es sollte eins seiner Gesellschaftsspiele werden. Ich glaube, er nennt sie angewandte Psychoanalyse. Der von allen Zwängen und Hüllen dessen, was wir Kultur nennen, befreite Mensch sei, wie er sagt, ein höchst einfach funktionierender Genitalapparat, der, endlich freigelegt, allen anderen menschlichen Bedürfnissen eine orgiastische Abfuhr erteilt, um sich als unabweisbarer, übermächtiger Trieb zu behaupten. Gelegentlich benennt ers einfacher: eine Reise in das Innere des Menschen, ein Besuch bei der wilden Bestie, dem Schwein. Sein Spiel kannte viele Variationen. Seine trüben Einfälle und die so provozierten Tränen oder kräftigen Worte, all die kleinen Demütigungen sollten ihm helfen, seine Langeweile zu vertreiben.

Na schön, sagte ich, schlug die Decke zurück und stand auf. Ich zog mich an und war bemüht, mich dabei nicht übermäßig zu beeilen oder Nervosität zu zeigen. Seine Bemerkungen über meine Brüste und die Hüften überhörte ich. Es fiel mir nicht schwer, in meinen Ohren rauschte das Blut.

Henry saß in der Küche. Er war kurz nach meiner Abfahrt bei Gertrud und Jochen erschienen. Die beiden hatten ihm beschrieben, wo er mich finden könnte. Er hatte mir vorher nichts gesagt. Er wollte mich überraschen.

Wir tranken mit Maria Kaffee und gingen anschließend zum Strand. Es war kühl und windig. Die einzige Geschäftsstraße des Dorfes war belebt. Vor uns liefen Urlauber, verpackt in leuchtende, wetterfeste Kleidung. Auch auf der anderen Straßenseite liefen Urlauber mit der gleichen gelben Regenkleidung. Uniformen, wie die Anstaltskleidung von Heiminsassen.

Henry fragte, wer Fred und Maria seien, ob sie Freunde von mir wären. Ich erzählte ihm, daß ich sie seit ein paar Jahren kenne und selten sehe. Ob es Freunde seien, könnte ich nicht sagen.

Wir liefen dicht am Wasser entlang. Die Wellen hatten eine breite, grauweiße Schaumgrenze zum Land angeschwemmt. Der Wind war kräftig, ich empfand ihn als angenehm. Am Strand sahen wir nur wenige Leute, ein paar Spaziergänger. Die Strandkörbe standen dicht nebeneinander, sie waren verlassen und abgeschlossen.

Wir sprachen über Freunde, und ich sagte, ich wüßte nicht genau, ob ich Freunde habe. Als kleines Mädchen hatte ich eine Freundin, damals, in der Kleinstadt, in der ich aufwuchs. Ich trug Zöpfe und schwor einem anderen kleinen Mädchen, daß wir auf ewig Freundinnen seien, und damals waren wir es wohl auch. Aber das sei lange her, sagte ich, und wäre wohl auch alles kindlich und unerfahren gewesen. Heute könnte ich nicht einmal sagen, was das sei, ein Freund. Möglicherweise sei ich nicht mehr bereit oder fähig, mich einem anderen Menschen anzuvertrauen, was doch eine Voraussetzung dieser eigentümlichen Sache Freundschaft wäre. Wahrscheinlich brauche ich keine Freunde. Ich habe Bekannte, gute Bekannte, ich sehe sie gelegentlich und freue mich dann. Eigentlich aber wären sie austauschbar, also nicht zwingend notwendig für mich. Ich bin gern mit Menschen zusammen, viele interessieren mich, und es ist mir angenehm, mit ihnen zu reden. Aber das sei auch alles. Manchmal habe ich ein unbestimmtes Bedürfnis nach etwas wie einem Freund, einer kleinen, blassen Schulfreundin, aber das sei selten und mehr so wie die Tränen, die ich wider Willen im Kino weine bei irgendeinem Rührstück. Wirklich traurig sei ich da ja nicht. Ja, so ist das, sagte ich.

Henry hatte mir zugehört, ohne mich zu unterbrechen. Wir liefen jetzt schweigend den Strand entlang, der schmutzig und verwahrlost wirkte. Es waren keine Spaziergänger und keine Strandkörbe mehr zu sehen. Mein Gesicht brannte vom Wind und den kleinen Sandkörnern. Die Schuhe hatten wir ausgezogen. Es war kalt, aber so lief es sich besser.

Henry fragte mich, wie das damals gewesen wäre. Ich fragte ihn, was er meine, und er sagte: Damals, in dieser Kleinstadt. Ich sagte, daß ich nur unbestimmte Erinnerungen hätte und nicht sicher wäre, wie weit sie durch die Jahre verfälscht seien.

Ich glaube, sagte ich, ich war damals anders.

Sicherlich hatte ich Hoffnungen und gewiß so etwas wie Absichten und genaue Vorstellungen über das Leben.

Aber Angst hatte ich auch damals schon. Und vielleicht war ich nie eine andere gewesen, und es war damals nur der Anfang von allem.

Henry sagte nichts. Wir liefen immer weiter am Strand. Wir sammelten Muscheln, und Henry fragte, ob ich mit ihm schwimmen wolle. Ich lehnte ab, es war mir zu kalt. Henry zog sich rasch aus und rannte gegen die Wellen ins Wasser. Mit einem Kopfsprung tauchte er unter. Er schwamm hastig und mit unregelmäßigen Bewegungen. Er schrie mir etwas zu, aber ich konnte ihn nicht verstehen. Als er aus dem Wasser kam, zitterte er. Ich frottierte ihn kräftig mit meinem Pullover ab, und wir lachten über sein Geschlechtsteil, das vor Kälte zusammengeschrumpft war. Dann rannten wir zurück und kamen atemlos und keuchend bei Maria an.

Am Abend erschienen Freunde von Fred, die in der Nähe Urlaub machten. Man gab sich ungezwungen, es wurden Witze erzählt und viel Wein und Schnaps getrunken. Maria blieb den Abend über einsilbig, was keinem auffiel. Henry und ich wollten früh ins Bett. Der lange Strandspaziergang hatte uns ermüdet. Als wir in unser Zimmer gehen wollten, hielt uns Fred zurück. Er sagte, er gebe die Gesellschaft für uns. Er redete auf uns ein. Schließlich blieben wir.

Ein Maler, der mit einem ungewöhnlich schönen Mädchen gekommen war, sprach über Kunst.

Wir sind nur noch Voyeure, sagte er, und nur wenn wir Voyeure sind, sind wir Künstler. Alle andere Kunst ist tot, vorbei, bürgerliche Scheiße. Das einzig lohnende Objekt der Kunst ist das Asoziale, der Randmensch. Jahrhundertelang ging es um Ansichten und Probleme der Kleinbürger. Verlogene Tafelmusik, die Parasiten zur Verdauung ihrer Seelenwehwehchen herhalten mußte. Kunst aber ist Anarchie. Sie ist die Peitsche der Gesellschaft. Die einzig gültige Ästhetik ist das Entsetzen, das Maß aller Kunst ist der gellende Schrei. Wir müssen zu Asozialen werden, um zu erkennen, was wir sind, woher wir kommen, wohin wir gehen. Der Dreck, das ist meine Botschaft für euch.

Das schöne Mädchen streichelte ihm den Kopf und lachte ihn an, wenn er zu ihr sah. Keiner widersprach ihm, was ihm mißfiel. Er wurde laut und beschimpfte

Fred, der ihn beruhigen wollte. Sie einigten sich irgendwie und tranken Brüderschaft.

Ich setzte mich an den Kamin und beobachtete die Flammen. Mein Gesicht wurde heiß, es war mir angenehm. Einer von Freds Freunden setzte sich zu mir. Er bot mir eine Zigarette an und sprach über absterbende Meere, den Wärmetod der Erde und Folgen der Energieverknappung für Lateinamerika. Wie er sagte, war er Professor für Pluromediale Ästhetik und Kommunikation und lebte in Bochum. Ich war darüber erstaunt. Unter seinem Beruf konnte ich mir wenig vorstellen, hatte aber vermutet, er sei Vertreter oder Volksschullehrer. Er fragte mich nach meiner Arbeit und sprach dann über Akupunktur. Er war vielleicht fünfunddreißig, hatte hübsche regelmäßige Zähne und war sich auf eine angenehme Art seiner sicher. Mich irritierte sein überzeugend vorgetragenes Lächeln, das er beständig verströmte, als wolle er mich zu einem günstigen Kauf überreden.

Als Henry zu mir kam, stellte sich der Westdeutsche sehr förmlich vor. Er überreichte uns seine Visitenkarte und sagte, wie sympathisch wir ihm seien. Wir mußten ihn Horst nennen, und er versicherte uns, daß ihm alles hier gefalle. Er sagte, politisch gesehen sei er mittelinks und halte nichts von dem kapitalistischen System. Andererseits könne er nicht die vielen Fehler übersehen, die wir machten. Dann wollte er von Henry wissen, was er von der deutschen Frage halte. Henry sagte, er sei den ganzen Tag am Strand umhergelaufen und habe überall Sand auf der Haut. Er müsse sich heute unbedingt den Kopf waschen. Horst lachte herzlich darüber, sagte, daß Henry fabelhaft sei und er ihn gut verstehe. Dann wollte er wissen, was Henry beruflich mache. Ich stand auf und ging in die Küche.

Maria bereitete dort Eisbecher vor und Kaffee. Ich wollte ihr helfen, und sie bat mich, Gläser abzuwaschen. Ich fragte sie nach den Gästen, doch sie kannte sie nicht. Fred lud hier ständig Leute ein, er langweilte sich. Später sah man sich vielleicht noch einmal am Strand, das war alles. Nur der Maler besuchte sie häufig. Maria sagte, er sei ein unpraktischer Mensch, dem jedes nur mögliche Mißgeschick zustoße. Beständig fielen ihm Dinge aus der Hand und zerbrächen. Sie erzählte über ihn, und wir lachten viel. Wir verstanden uns gut.

Fred schaute in die Küche. Er wollte wissen, worüber wir reden. Maria sagte, er solle den Kaffee und die Eisbecher ins Zimmer bringen. Sie setzte sich und rauchte und sah mir zu, wie ich die Gläser abtrocknete.

Hast du es bemerkt? fragte sie. Ihre Stimme war gespannt und brüchig.

Was? fragte ich. Was soll ich bemerkt haben?

Mein Gesicht, sagte sie, sieh mich an, sieh dir mein Gesicht an.

Ich lächelte sie an: Gut, ich sehs. Es ist alles okay, Maria.

Ihre Augen wurden glasig. Sie glaubte mir nicht.

Es ist alles okay, wiederholte ich, du siehst gut aus.

Sie schüttelte langsam und energisch den Kopf, ohne mich aus den Augen zu lassen.

Nein, sagte sie. Du mußt es doch sehen, ich sehe es ja auch.

Was soll ich sehen, Maria?

Ich weiß es nicht, antwortete sie und schwieg. Sie mißtraute mir. Ich wartete. Es schien mir das beste zu sein. Aus dem Wohnzimmer hörte ich Tanzmusik. Maria hielt ihren Kopf gesenkt und rauchte heftig.

Es ist nur, begann sie leise, ich glaube, ich magere ab. Meine Knochen treten hervor. Sieht das nicht aus wie ein Totenschädel?

Wieder hielt sie mir ihr Gesicht zur Begutachtung vor. Sie lächelte traurig, und ihre sanfte Haltung bezeugte, daß sie mehr als traurig war. Sie war verzweifelt.

Du redest dir was ein, Maria, es ist alles in Ordnung. Nun hatte ich wieder diesen Tonfall drauf, den ich an mir haßte. Frau Doktor spricht, die beruhigende, allwissende Stimme. Der Kindergartenton. Eine Art Berufskrankheit, man bekommt diese Stimme durch den Umgang mit Patienten. Die ganze Klinik, die jüngste Schwester redet so. Freundlich beruhigend, es wird schon werden. Die Maske unserer Hilflosigkeit.

Weißt du, sagte Maria, ich kämme mir jeden Morgen ein Büschel Haare aus.

Das ist normal, sagte ich.

Sie schüttelte den Kopf: So viel ist nicht normal, du mußt mich nicht anlügen.

Red dir nichts ein. Du machst dich verrückt. Es ist völlig normal. Jeder Mensch verliert jeden Tag ein Büschel Haare. Und dein Gesicht ist in Ordnung. Du warst immer blaß. Und das steht dir, das weißt du doch.

Das sagt Fred auch.

Was sagt Fred auch?

Daß ich verrückt bin.

Ich wurde wütend. Sie saß vor mir, hatte die Augen geschlossen und litt offensichtlich. Aber warum mußte sie so etwas zu mir sagen. Warum sind diese sensiblen Seelchen so überaus unsensibel, sobald es nicht sie selbst betrifft.

Hör mal, du weißt genau, daß ich es nicht so gemeint habe. Warum zum Teufel unterstellst du mir . . .

Sie hörte mir nicht zu. Sie zog geistesabwesend an ihrer Zigarette und schrieb mit dem Finger auf der Wachstuchdecke.

Warum trennst du dich nicht von Fred? fragte ich. Vielleicht ist das dein Problem.

Das geht dich nichts an, sagte sie und fuhr fort, unsichtbare Schleifen auf die Tischdecke zu malen. Ich trocknete weiter ab und räumte die Gläser ein.

Unvermittelt sagte Maria: Es liegt tiefer, viel tiefer. Irgendwann damals.

Ich hatte das Bedürfnis, sie zu berühren, und streichelte ihr Gesicht. Sie küßte leicht meine Hand und lehnte sich an meinen Arm. Und dann steckten wir die Köpfe zusammen und kicherten wie zwei kleine Mädchen.

Maria sagte, sie wäre müde und wolle ins Bett gehen. Ich ging wieder ins Zimmer. Henry saß noch immer mit Horst vor dem Kamin. Ich stellte mich hinter ihn und flüsterte ihm ins Ohr, ob wir nicht verschwinden sollten. Henry nickte erleichtert. Der Professor aus Bochum sprach über die Immanenzkritik der „Ökofreaks". Ich fragte Henry, was das sei, aber er wußte es auch nicht. Er hätte ihm nur zugehört, verstanden hätte er nichts. Horst schien betroffen zu sein. Er versuchte es uns zu erklären, gab es aber bald auf, da wir nicht interessiert waren. Übergangslos sprach er dann von Sprachverschluderung und Amerikanismen. Er konnte offenbar über alles reden. Auf mich wirkte er wie eine Comicfigur, die beständig kleine runde Blasen vollspricht und sie dann irgendwohin segeln läßt.

Henry sagte, Horst rede, um nicht einen Augenblick mit sich allein sein zu müssen.

Der Westdeutsche lachte nervös. Dann meinte er, hier sei alles wie im 19. Jahrhundert, wundervoll intakt wie ein vergessenes Dorf. Ein Land, als habe es sich Adalbert Stifter ausgedacht. Ich sagte, daß ich noch nie etwas von Stifter gelesen habe.

Du mußt ihn nicht lesen, meinte Horst, du lebst ihn ja.

Wir verabschiedeten uns. Horst sagte wieder, wie gut er uns verstehen könne und daß es schön wäre, wenn wir uns nochmals treffen könnten. Wir sagten beide, daß wir es auch schön fänden, und gingen. Er strahlte noch immer überzeugend sein Lächeln aus. Ich glaube, er war sehr allein.

Im Vorraum standen einige Gäste und schossen mit einem Luftgewehr auf brennende Kerzen, die vor der Toilettentür auf einem Hocker standen. Einige Bleikugeln steckten im lackierten Holz der Tür, und die kleine geriffelte Glasscheibe hatte von den Einschüssen spinnennetzartige Risse bekommen. In der Toilette jammerte eine Frauenstimme, man möge sie herauslassen, was die anderen belustigte.

Fred und der Maler saßen auf dem Sofa, zwischen ihnen das schöne Mädchen. Fred hatte sein Gesicht an ihren Hals gelegt und streichelte ihre Brüste, und der Maler weinte vor sich hin und wiederholte klagend, daß er die Kunst verraten habe, daß er sich selbst verraten habe. Dabei schlug er theatralisch die Hände zusammen.

Als wir an ihnen vorbeigingen, nickte uns das Mädchen zu. Noch vor unserem Zimmer hörten wir den Maler sich anklagen, daß er ein Verräter sei.

Als wir aufwachten, war es fast Mittag. Im Haus war es still. Die Sonne stand hoch an einem glasklaren, eisigblauen Himmel. Der Wind hatte sich gelegt. Durch das

Fenster hörten wir Kinderstimmen. Henry schlug vor, baden zu gehen. Ich zog mein Nachthemd an und ging hinunter, um uns Bademäntel zu holen.

Maria war bereits auf und las. Das schöne Mädchen von gestern abend hantierte in der Küche. Sie hatte auf dem Sofa geschlafen. Maria gab mir die Bademäntel und zeigte mir einen abkürzenden Weg zum Meer.

Am Strand war es voll. Wir liefen lange, bis wir eine ruhigere Stelle fanden. Das Wasser war kalt, und wir schwammen anfangs schnell und atemlos. Die Kälte brannte auf der Haut. Henry wollte bald umkehren, und ich bat ihn, noch etwas mit mir zu schwimmen. Er kam zu mir und schlängelte seine Füße um mich. Wir küßten uns und schluckten dabei Wasser. Ich tauchte seinen Kopf unter und schwamm weg. Er hatte Mühe, mir zu folgen. Am Strand rubbelten wir uns gegenseitig ab und sprangen auf einem Bein umher, um das Wasser aus den Ohren zu bekommen. Wir wickelten uns in die Bademäntel und rannten nach Haus.

Maria oder das Mädchen hatte uns Kaffee und Eier gekocht, und wir setzten uns gleich im Bademantel an den Tisch und frühstückten. Das Mädchen erzählte uns, daß sie den ganzen Sommer an der See bleibe. Ein Quartier habe sie nicht, aber bisher sei sie immer irgendwo untergekommen. Sie fragte, ob sie auch bei mir ein paar Nächte schlafen könnte. Ich sagte ihr, daß ich nur ein sehr kleines Zimmer hätte. Ich bedauerte es, aber das Mädchen lachte und sagte, ich solle mir keine Sorgen machen.

Ich sagte zu Henry, daß sie ein sehr schönes Mädchen sei, ob er das nicht auch fände. Er nickte und sagte nur ja, dabei wurde er rot. Das Mädchen lachte wieder, und Henry war verstimmt. Er sagte, ich sei auch schön, und Maria sei es ebenfalls, auch sie sei eine sehr schöne Frau. Maria sah zu mir. Ich wußte, was sie jetzt dachte, und obwohl ich Henry nichts von unserem Gespräch erzählt hatte, machte mich ihr Argwohn betroffen. Einen Moment überlegte ich, wollte ein Mißverständnis erklären. Aber was war da zu sagen. Ich gab es auf.

Zeilen aus einem Schülergedicht fielen mir zusammenhangslos ein. Ich hatte sie vor Jahren gelesen oder im Radio gehört, und ich wußte nicht, warum sie mir jetzt durch den Kopf gingen: Wenn der Augenblick sogenannte menschliche Größe von uns verlangt, vermögen wir nur intensiv und fast ehrlich in der Kaffeetasse zu rühren.

So oder so ähnlich. Ich glaubte, es vergessen zu haben, aber irgendwo in mir hatten sich Bruchstücke des Gedichts eingeprägt. Ich konnte nicht einmal sagen, daß es mir was bedeutet. Größe wird mir nicht abverlangt, das sind Träume, mein kleiner Schülerpoet, Schülerträume. Hoffnungen und Irrtümer eines dünnen, bezopften Mädchens. Was verbleibt, sind einige Gewohnheiten, unbestimmte Sehnsüchte, ein leichter, dauernder Kopfschmerz und hin und wieder ein Mißverständnis, das nicht zu klären ist. Auch ein Grund, in der Kaffeetasse zu rühren, fast ehrlich.

In die entstandene Pause hinein sagte das schöne blonde Mädchen: Jetzt ist ein Engel durch den Raum gegangen. Sie lachte.

Wir verabschiedeten uns bald. Ich küßte Marias Wange, was sie unbeteiligt und gleichgültig hinnahm. Ich bat sie, Fred zu grüßen, der noch nicht aufgestanden war. Sie nickte, aber ich war nicht sicher, daß sie mir zugehört hatte. Ich saß bereits im Auto, als das schöne Mädchen, sie hieß Hella, mir aus dem Fenster zurief, ich möge warten. Sie kam herausgerannt und gab mir einen großen hellgrünen Klarapfel. Atemlos sagte sie: Ich wollte dir gern etwas schenken. Ich habe nichts anderes.

Ihre Hand lag auf dem heruntergedrehten Wagenfenster. Ich konnte ihr Gesicht nur gegen die Sonne sehen, und es wirkte unwirklich, durchscheinend. Für einen Moment legte ich meine Hand auf ihre.

Danke und alles Gute, sagte ich.

Sie lachte schon wieder. Ich setzte schnell die Sonnenbrille auf.

Henry fuhr mit seinem Auto hinter mir her. In meinem Dorf stoppte ich den Wagen, fuhr aber dann weiter bis zum Wasser. Wir legten uns auf den Grasstrand. Nachmittags machten wir Konservenbüchsen auf, die Henry mitgebracht hatte, und aßen kalte Suppe und

Fleischklöße, von denen wir zuvor das erstarrte Fett abkratzten.

Die Zigaretten gingen uns bald aus, aber keiner wollte ins Dorf fahren. Wir waren müde und schliefen auf dem warmen, harten Gras ein. Irgendwann weckten uns Dorfkinder. Am Nachmittag regnete es, und wir setzten uns in Henrys Wagen. Die Welt versank hinter den zerplatzenden Regentropfen, die auf das Fensterglas fielen. Eingeschlossen von den an den Scheiben herabströmenden Wassern saßen wir im Auto. Zwei Überlebende auf dem Meeresgrund. Die Musik aus dem Autoradio drang kaum bis zu uns. Letzte Zeichen einer entfernten und vielleicht schon überfluteten Zivilisation.

Später ließ der Regen nach. Die Sonne blieb hinter den Wolken. Es war kühl geworden. Zum Abend kam Wind auf und schwärzte das Achterwasser. Der feuchte Waldboden blieb an unseren Schuhen kleben, und das Blattwerk überschüttete uns mit neuen Schauern.

Ich drängte Henry, nach Berlin zurückzufahren. Als wir uns verabschiedeten, bat ich ihn, nicht mehr unangemeldet zu kommen, hier nicht und nicht in Berlin. Er nickte und fragte, ob es so schlimm gewesen sei.

Nein, sagte ich, es war schön, daß du gekommen bist. Doch ich will mich nicht überraschen lassen. Ich will nicht überrumpelt werden, auch nicht von dir.

Wir küßten uns, und er fuhr los. Ich sah ihm nach, bis die Rücklichter seines Wagens verschwunden waren. Dann stieg ich in mein Auto und fuhr ins Dorf.

Gertrud und Jochen erkundigten sich, ob Henry und ich uns getroffen hätten. Ich sagte ja und machte mein Abendbrot. Dann setzte ich mich zu ihnen vor den Fernsehapparat. Jochen bot mir Bier an, und ich rauchte eine Zigarette, die erste seit Stunden. Irgendwie fühlte ich mich erschlagen und sehr erleichtert.

7

Nach dem Urlaub hatte ich einigen Ärger in der Klinik. Ich schrieb sogar meine Kündigung, zog sie aber nach einem Gespräch mit dem Chef zurück.

Meine Urlaubsvertretung hatte meine Patienten verunsichert. Einigen hatte er einen Arztwechsel geraten, bei anderen meine Diagnosefähigkeit bezweifelt. Von mir angeordnete Therapien hatte er abgesetzt oder verändert. Selbstverständlich hatte er alles sehr fein und andeutungsweise betrieben, aber ich spürte das Mißtrauen bei einigen Patienten. Außerdem erzählte mir Karla alles am ersten Tag. Sie tat mir gegenüber entrüstet, aber sicherlich hat sie die Intrige genossen. Ich kenne meine Karla.

Ich rief den Kollegen an und sagte ihm, was ich von seinen Methoden hielte. Er wurde unverschämt, und ich legte auf. Ich dachte daran, ein Disziplinarverfahren zu beantragen. Ich unterließ es jedoch. Es würde nur Diskussionen geben, und das fachliche Urteil würde meine und seine Anordnungen als korrekt einstufen. Man würde uns beide ermahnen und zu mehr Kollegialität auffordern. Also kündigte ich.

Ich hatte nicht unbedingt die Absicht wegzugehen, ich wollte mich nur gegen diese Schäbigkeiten behaupten. Der Chef rief mich an und fragte, ob ich am Donnerstagabend Zeit für ihn hätte. Er lud mich zu sich nach Hause ein.

Ich kaufte einen Strauß Rosen für seine Frau und machte mich darauf gefaßt, daß er entweder mit mir herumschreien oder die Sache familiär beilegen würde.

Ich ging zum ersten Mal zu ihm. Er bewohnte die Hälfte eines Zweifamilienhauses am südlichen Stadtrand. An der Gartenpforte war eine Sprechanlage installiert, was mir seltsam erschien, da es nur ein paar Schritte bis zum Haus waren.

Der Chef öffnete die Tür. Er begrüßte mich mit der Andeutung eines Handkusses und nannte mich „Kindchen". Die dumme Anrede erleichterte mich: Er würde heute nicht schreien.

Er stellte mich seiner Frau vor, einer abgearbeiteten, verschüchterten Person in einem Hauskittel. Ich hätte sie für das Dienstmädchen gehalten.

Zum Abendessen gab es Schweinefilet und Spargel, dazu einen weißen Bordeaux und als Nachtisch Kuchen. Er redete über die gerade bekannt gewordene Flucht eines Oberarztes nach Bayern. Dann erzählte er mir von einem Skandal in einem amerikanischen Fachblatt. Ein Scharlatan hatte das ehrwürdige, renommierte Blatt mit Fälschungen geschickt reingelegt. Der Alte berichtete amüsiert und mit Freude am Detail. Seine Frau sprach wenig. Sie bewunderte ihn. Sie forderte mich auf, das Nachbarzimmer, die Bibliothek ihres Mannes anzusehen. Da seien Bücher über Bücher. Ihr Mann würde alle Fachliteratur lesen, in allen Sprachen. Sie sagte tatsächlich: Er liest alle Sprachen, englisch und alles.

Ihr Mann sagte, sie solle den Mund halten, und sie schwieg, ohne verärgert zu sein. Später schickte er sie raus. Sie mußte das Geschirr abräumen und für ihn und mich Kaffee machen. Er sprach dann über die Kündigung. Er blieb freundlich und redete mit mir in seinem Kindchen-Ton, ließ dennoch keinen Zweifel an seiner Meinung zu. Er beeindruckte mich. Mir gefielen die Entschiedenheit, seine zufriedenen, robusten Ansichten. Gewiß, er ist kein Adler und vielleicht auch einfältig, aber er verströmt Ausgeglichenheit. Ich beneidete ihn. Doch ich wußte, mein Neid war mit zuviel Hochmut gemischt, als daß er mich wirklich berührt hätte.

Er sagte mir, daß er nichts unternehmen würde. Ich hätte hysterisch reagiert. Wenn ich weggehen wolle, bitte, ich würde jenem Kollegen damit einen Gefallen erweisen. Möglicherweise wäre das seine Absicht gewesen, vielleicht wollte er einem Bekannten meine Stelle verschaffen.

Es war mir angenehm, ihm zuzuhören. Er würde

einen guten Großvater abgeben. Ich versprach ihm, die Kündigung zurückzuziehen.

Später setzte sich seine Frau zu uns. Sie trug noch immer den Küchenkittel. Sie erzählte, daß sie selten Besuch hätten. Die Kinder und viele der Jugendfreunde leben in Westdeutschland. Sie habe eigentlich nur ihren Mann. Sie sah ihn bewundernd und unterwürfig an. Er knurrte etwas und stäubte sich die Asche von der Weste. Als ich ging, bat sie mich, bald wiederzukommen. Dann blickte sie zu ihrem Mann und sagte: Nicht wahr, mein Lieber?

Er stand breit und selbstbewußt in der Wohnungstür und lächelte sie an. Dann schloß er die Augen und sagte: Wir sind alte Leute, Mutti.

Es war eine zärtliche und unsinnig komische Szene, wie mein Chef in seinem Nadelstreifenanzug mit Weste und silberfarbener Krawatte, die halb erloschene Zigarre zwischen den Fingern, zu dem verwaschenen Hausmütterchen neben ihm „Mutti“ sagte.

Mit Henry traf ich mich regelmäßig, zwei- oder dreimal in der Woche. Meist kam er zum Abendbrot zu mir. Wir gingen selten aus. Ich war müde und wollte die Wohnung nicht verlassen. Nach dem Urlaub strengt mich die Arbeit mehr an. Ich kann mich schwer umstellen. Die beiden ersten Urlaubswochen machten mich ebenfalls nervös. Ich vertrage es nicht, den gewohnten Rhythmus zu unterbrechen. Vielleicht sollte ich keinen Urlaub machen. Im vorigen Jahrhundert war es auch nicht üblich. Erholsam ist es jedenfalls für mich nur bedingt.

Die Wochenenden verlebe ich meist allein. So habe ich es mit Henry abgemacht. Ich brauche diese zwei Tage für mich, an denen ich Zeit vertrödeln kann, ohne irgendwelche Rücksichten zu nehmen. Ohnehin habe ich oft genug Sonntagsdienst. Und Henry besucht alle zwei, drei Wochen seine Frau und die Kinder. Er soll nicht das Gefühl haben, zwischen ihnen und mir teilen zu müssen.

Seine Frau lebt in Dresden. Sie ist Chemikerin an der Technischen Universität. Ein paar Jahre nach dem Studium war Henry nach Berlin zurückgekehrt. Anfangs hoffte er, für seine Frau hier eine Stelle zu finden. Nach zwei Jahren hatten sich beide daran gewöhnt, getrennt zu leben. Sie hat einen Freund, der bei ihr lebt, und alle akzeptieren den jetzigen Zustand. An eine Scheidung denkt keiner. Wie Henry sagte, hätten sie darüber noch nie gesprochen. Wahrscheinlich wollen beide nicht mehr heiraten, und der Kinder wegen halten sie eine Art Freundschaft aufrecht. Mir gefällt ihre Einstellung. Wozu sollen sie den Staat bemühen für eine Angelegenheit, die niemanden etwas angeht. Meine Scheidung war unerfreulich genug. Was berechtigt irgendeine Instanz, das Privatleben zweier Menschen auszuforschen. Drei Männer und eine Frau saßen hinter dem Tisch. Ich empfand ihre Fragen als unwürdig. Beamtete Spanner ohne Schamgefühl. Mein Mann und ich wollten nicht mehr zusammen leben, das war alles. Hilflos und mehrfach ermahnt standen wir vor ihnen wie kleine Ladendiebe. Es gelang ihnen, in mir ein Bewußtsein von Schuld zu erzeugen.

Schon die Eheschließung war eine peinliche Farce. Eine unbekannte, schwitzende Frau im Kostüm, Ermahnungen, Verpflichtungen, Worte über das Wunder der Liebe wie Sätze aus Abpackfolien. Schließlich Vertrag, Unterschriften, Besitzurkunde, ein Transfer. Vor Verlegenheit lachte ich damals. Auf dem Hochzeitsfoto erkenne ich mich heute nicht wieder. Ein blasses, unreifes Gesicht neben einem pubertär wirkenden jungen Mann, umgeben von befriedigt strahlenden Verwandten, deren fröhliche Erleichterung noch auf dem Foto dröhnend durchschlägt. Zwei hilflose Wesen, auswechselbar bis in die Aufstellung und Haltung des Kopfes. Erst viel später, beim Betrachten anderer Hochzeitsfotos, entdeckte ich hinter den verängstigten Gesichtern die Anarchisten. Es sind ratlose, verschüchterte Umstürzler, aber in ihren Augen schimmert unübersehbar etwas vom Glück und der Hoffnung aller Anarchie. Sie wollen die bedrückenden Umstände, die sich auf dem Foto übermütig um sie gruppieren, fliehen, vernichten, verbessern. Und die ihnen einzig denkbare Alternative verstrickt sie rettungslos in die alten Unerträglichkeiten. Der Tag der Revolte ist bereits ihr Ende. Die Demütigungen werden noch leichtfertig übersehen, die aufdringlichen Insignien der Niederlage: Vertrag, Unterschrift, Gruppenfoto. Willkommen im Schoß aller unserer Gestern, daheim im unschuldigen Würgegriff. Und es wird sein, wie es war: in Ordnung.

Am ersten Wochenende im August entwickelte ich die angesammelten Filme und machte Vergrößerungen. Ich tat es gern, aber der Aufwand dafür ist jedesmal so groß, daß ich es meist nur zweimal im Jahr mache. Küche und Dusche werden zur Dunkelkammer. Ich esse in der Gaststätte. Diesmal hatte ich fast dreißig Filme zu entwickeln. Es waren schon einmal dreiundsiebzig, und ich hatte Tag und Nacht daran gearbeitet.

Die Schalen mit Entwickler und Fixierband stehen auf dem Küchentisch. Auf dem Herd ist das Vergrößerungsgerät mit Zwingen befestigt. Die fertigen Bilder bringe ich im Eimer in die Duschwanne, wo sie wässern.

Die Aufnahmen stammten fast alle aus der Mark, drei Filme waren vom Achterwasser. Mutter hatte mich einmal gefragt, warum ich nur Landschaften aufnehme, Bäume, Wege, Steine, zerfallene Häuser, lebloses Holz. Ihre Frage machte mich damals verlegen. Ich wußte es nicht, ich konnte ihr nicht antworten. Mir war zuvor nicht bewußt, daß ich nie Personen fotografierte. Als ich darüber nachdachte, konnte ich es mir selbst kaum erklären. Ich glaube, das Fotografieren von Menschen ist für mich ein indiskreter Eingriff in fremdes Leben. Die Vorstellung, ich könnte jemanden auf einem Bild festbannen, ist ohnehin unsinnig. Irgendwo habe ich gelesen, daß es Naturvölker gibt, die es aus religiösen Gründen ablehnen, sich fotografieren zu lassen. (Ich erinnere mich daran, weil es mich verwirrte, eine Haltung von mir mit einer religiösen Motivation wiederzufinden. Ich war verwundert, weil ich bereits bei einigen Religionen eigene Haltungen entdeckt hatte. Dabei spielten Glaubensdinge und Transzendenz bei mir nie eine Rolle. Es gab für mich nie einen Anlaß, mich dazu zu verhalten oder auch nur darüber nachzudenken. Als Kind beschäftigte es mich einige Zeit. Später nicht mehr.)

Mich stören die unnatürlichen Positionen, die Leute auf Fotos haben. Bäume bleiben bei sich, sie versuchen nicht, ein günstiges Bild von sich zu lügen. Auf jeden Fall interessieren mich eben nur Linien, Horizonte, Fluchten, die einfachen Gegebenheiten von Natur und dem, was wieder von der Natur aufgenommen wurde.

Im übrigen ist es nur eine Beschäftigung, ich befasse mich gelegentlich damit. Wochenlang mache ich überhaupt keine Aufnahmen und vermisse nichts.

Obwohl ich nur von wenigen Negativen Vergrößerungen anfertige, sind jetzt schon fünf Schrankfächer mit Fotos vollgestopft. Ich habe mit ihnen nichts vor. Ich will sie nicht ausstellen, und ich zeige sie auch keinem. Was das Ganze eigentlich soll, weiß ich nicht. Solche Fragen stelle ich mir nicht. Es wäre mir nicht möglich, sie zu beantworten. Ich befürchte, solche Fragen würden mich selbst in Frage stellen. Derlei Überlegungen lassen mich gleichgültig. Ich weiß, daß sich manche darüber verwundern, es mir nicht glauben wollen, aber es ist so. Ich bin damit zufrieden. Mich drängt nichts, irgendwelche Rätsel des Lebens zu erforschen. Der Vorwurf, daß ich bewußtlos existiere, wie ein Tier – ich glaube, ein Kommilitone war es, der es mir sagte –, berührt mich nicht. Ich bin lediglich ungeeignet für jede Art von Mystik. Und jede Überlegung, die da mehr sagen will, als die Biologie es vermag, ist für mich mystisch. Ich benötige es nicht. Ich halte das für eine Stärke von mir.

Ich mag jene Sekunden in der Dunkelkammer, wenn auf dem weißlichen Papier im Entwickler langsam das Bild hervorkommt. Das ist für mich ein Moment von Schöpfung, von Erzeugung. Die Übergänge von dem weißen Nichts zu einem noch unbestimmbaren Etwas sind fließend und überraschen in ihren sich stetig ändernden Strukturen. Das langsame Werden eines Gebildes. Ein Keimen, das ich bewirke, steuere, das ich unterbrechen kann. Zeugung. Eine Chemie von entstehendem Leben, an dem ich beteiligt bin. Anders als bei meinen Kindern, meinen ungeborenen Kindern. Ich hatte nie das Gefühl, beteiligt zu sein. Vielleicht wäre es später gekommen, sehr viel später. Wenn sich in mir etwas bewegt hätte. So blieb es bei zwei Unterbrechungen.

Das erste Kind wäre zu früh gekommen. Wir studierten beide und hatten andere Sorgen. Das zweite wollte ich nicht. Ich wußte, daß ich nicht bei Hinner bleiben würde. Vielmehr, ich spürte es, wie man instinktiv eine Gefahr spürt, lange bevor sie eintritt. Wir gehörten nicht zusammen. Es gab eigentlich nie einen Krach zwischen uns oder Szenen. Wir gehörten einfach nicht zusammen. Und was sollte da ein Kind. Hinner war erschrocken, als er ins Krankenhaus kam. Ich hatte ihm vorher nichts gesagt, und vielleicht ahnte er damals, daß ich mich von ihm trennen würde. Er machte mir keine Vorwürfe. Er war nur tief erschrocken. Er tat mir leid, aber das war schließlich kein Grund, ein Kind zu bekommen.

Nach beiden Unterbrechungen war ich körperlich völlig verausgabt. Ich war todmüde und hatte nur den Wunsch auszuruhen.

Ich war verzweifelt, ohne sagen zu können weshalb. Ein dumpfer Schmerz im Hinterkopf, der es mir unmöglich machte, mehrere Stunden hintereinander zu schlafen. Es war kein Schuldgefühl, und nichts hatte mich an dieses in mir wachsende Etwas gebunden, als daß mich ein Verlust ängstigte. Wahrscheinlich kam die Verzweiflung aus der körperlichen Schwäche. Mit den Kindern hatte ich nichts zu tun. Ich war nicht daran beteiligt. Es geschah nur mit mir. Ich hatte sie nicht gewollt und bekam sie gegen meinen Willen. Ich fühlte mich von ihm benutzt. Eine austragende Höhle, die Amme seiner Embryos. Ich hatte kein Kind gewollt, und er konnte es dennoch in mir entstehen lassen. Ich blieb ungefragt, ich zählte nicht, ich war nicht beteiligt, ich war das Objekt. Während er mir ins Ohr flüsterte, stöhnte, Liebesbeteuerungen wiederholte, entschied er über mich, meinen Körper, mein weiteres Leben. Ein monströser Eingriff, der meine ganze Zukunft bestimmen sollte, ein Eingriff in meine Freiheit. Ich schlief gern mit ihm, wir kamen, wie man so sagt, im Bett gut miteinander aus. Nicht der Sex war unsere Schwierigkeit, wenn auch Hinner es später überraschenderweise vermutete. Als ich sagte, daß wir uns trennen sollten, weil wir nichts miteinander zu tun haben, fragte er sofort, ob ich mit ihm als Mann unzufrieden sei. Ich versuchte es ihm zu erklären, aber er verstand mich nicht. Er glaubte dann, es läge an seinen abgeschmackten Abenteuern mit Schwesternschülerinnen. Alle unsere Probleme mündeten für ihn in den geschlechtlichen Beziehungen. Die Furcht, als Mann zu versagen, darin bestand seine Angst, die ihn taub machte für unsere tatsächlichen Schwierigkeiten. Seine Reaktion war wohl die üblich männliche. Ein Produkt der jahrhundertealten Männergesellschaft: Verlust an Menschlichem durch Ausüben von Herrschaft. Eine Herrschaft, die das Geschlecht als das primär Unterscheidende und Dominierende ansieht, muß ihm übermäßige Bedeutung beimessen. Im Denken und in der Phantasie, in den Gesprächen und Witzen der Männer beansprucht der Sex das Primat. Das Thema Nummer eins, lastend, drükkend, übermächtig. Eine Befreiung, die bis zur Verweigerung führt, zur Impotenz, eine Domäne der Männner, ein Freiraum, Urlaub von der bedrückenden Pflicht. Da ist die Anwesenheit von Frauen unschicklich, Verrat, Störfaktor von Herrenabenden. Andrerseits das Kokettieren mit eben diesem Verrat, um einen männlichen Freiraum, eine Freiheit zu markieren, wie einen sorgsam gehüteten Schatz, von dem man stolz, verhalten, begeistert, schmierig berichtet. Er soll verborgen bleiben, damit man seiner nicht verlustig geht, und man muß von ihm erzählen, um als sein Besitzer erscheinen zu können. Anders konnte ich mir Hinners Reaktion nicht erklären. Er verteidigte, was er bedroht gelaubte.

Frauen, denke ich, nehmen Sex leichter, unangestrengter. Natürlicher, weil ihr Geschlechtsteil auch Arbeitswerkzeug ist. Gebären ist Arbeit. Das verhindert verklärende Sichten wie ängstigende Vorstellungen. Ein gleichfalls Männer beunruhigendes Verhalten, weil es die Norm verrückt, ihre Norm, das Normale. Sie bekämpfen es daher, bestrafen es: Um das Ritual ihres Glaubens, ihrer sexuellen Vorstellungen ungefährdet zu erhalten und als einzig gültig zu behaupten, verdammen sie das andere, das nicht Fügsame, das sich ihnen und ihren Phantasien nicht unterwirft, als frigid. Ein notwendiges Ritual. Ein Exorzismus der Angst. Gefangene in der Welt ihrer Vorstellungen.

Hinners Angriffe berührten mich nicht. Und für Mitleid mit ihm reichte meine Kraft nicht. Ich hatte mit seinem Kind nichts zu tun. Ich bekam es so unbeteiligt, wie es aus mir entfernt wurde. Ein Objekt anderer. Ich lag auf einem Bett, einem Stuhl, die Beine angeschnallt, die Scham rasiert, wegrasiert, eine Spritze, eine Betäubung, ein leichter Schmerz von einer auf mich träufelnden Flüssigkeit. Dann Benommenheit, durch die einzelne, zusammenhanglose Worte in mein Bewußtsein schwimmen. Vergeblicher Versuch, mich zu erreichen. Fortwährend höre ich meinen Namen, bittend, fordernd, ängstlich. Ich bin untergetaucht, unterhalb meines Bewußtseins, meiner selbst. Ich weigere mich, die Nebel zu verlassen, in denen ich mich verborgen halte, in denen ich geschützt bin. Ich fürchte mich, aus der Sicherheit meiner Benommenheit zu fallen, aufzutauchen, einen Körper als den meinen annehmen zu müssen, der gewaltsam gespreizten Beine gewahr zu werden, festgehalten, angeschnallt, mit dunklen Druckstellen ihrer unermüdlichen Tätigkeit. Zwischen meinen Beinen ihre Stimmen, das leise Klirren des Operationsbestecks, und wieder sein Atmen, sein Flüstern, seine Beteuerungen. Hinter den geschlossenen Lidern eine riesige, gleißende Sonne, die sich mir nähert. Ich will allein sein, nur noch allein. Laßt mich, ich will nicht, ich will nicht mehr. Ich flüstere. Es ist anstrengend zu sprechen. Meine Zunge ist wie ein Stöpsel, ein würgendes, Brechreiz verursachendes Etwas. Es wird mir unmöglich, etwas zu Ende zu denken, zu Ende zu bringen. Dann sind da Wälder, ein kühler, verhangener Himmel, der Weg, der zu einer Brücke führt, brüchigen Resten. Ich verkrieche mich im Gras, unter den Bäumen. Ich spüre kratzende Zweige, die Kälte des Erdbodens, feuchte Blätter.

Nein, die auf das Bett, den Stuhl Hingestreckte war nicht ich, bin nicht ich. Ich hatte nichts damit zu tun.

Die tropfnassen Bilder kleben übereinander. Ich bin nicht unzufrieden. Frühere Hoffnungen auf unerwartet vollkommene Fotos, auf eine überraschende Sicht des technischen Instruments, bei der Aufnahme von mir unbemerkt, verliefen sich, je öfter ich in der Dunkelkammer arbeitete. Es gibt kein Erstaunen, keine unerwarteten Ergebnisse. Der Apparat liefert zuverlässig das Verlangte, nicht mehr.

Während ich die Fotos in der Presse trocknete, klingelte es an der Wohnungstür. Frau Rupprecht, die Nachbarin, stand im Bademantel vor mir. Das graue Haar hing wirr und strähnig um ihren Kopf. Ich war erstaunt, wie kurz es ist. Sie trägt sonst einen Knoten, und ich nahm an, sie habe schulterlanges Haar.

Sie entschuldigte sich für die späte Störung. Ich sah auf die Uhr, es war bereits nach Mitternacht. Ich sagte, sie störe nicht, ich sei noch beschäftigt. Sie bat mich um Tabletten. Ihr Herz mache ihr zu schaffen, sie könne sich nicht hinlegen, ohne sofort heftige Herzstiche zu bekommen.

Ich habe eine Unruhe, verstehen Sie, sagte sie.

Sie sah mich nicht an. Ihre Augen durchliefen den Flur, ängstlich wie die Augen eines geschlagenen Hundes. Ich beruhigte sie und sagte ihr, daß ich gleich zu ihr käme. Sie möge die Tür offenlassen.

Während ich Tabletten aus dem Spiegelschrank nahm, spürte ich, daß ich müde war. Ich hielt mein Gesicht unter kaltes Wasser, trocknete es ab und ging zu ihr.

Frau Rupprecht saß im Sessel. Ich gab ihr die Tabletten und sagte, sie möge sitzen bleiben. Ich ging in ihre Küche, spülte ein Glas aus und ließ das Wasser laufen. Ihre Wohnung war sauber, aber es roch scharf. Wahrscheinlich kam es von den Vögeln. Frau Rupprecht hält sich viele Vögel. Sie besitzt mehrere Käfige, die wie Bilderrahmen an der Wand hängen. Als ich ihr das Wasser brachte, faßte sie nach meiner Hand. Sie habe eine Unruhe in sich, sagte sie wieder, wie vor einem Unglück. Aber Kinder habe sie nicht mehr, nur noch die Vögel. Als ich sie fragte, ob es für sie nicht zu schwer sei, die vielen Vögel zu versorgen, blickte sie mich verständnislos an.

Ich habe nur noch meine Vögel, sagte sie.

Sie bat mich, einen Augenblick zu bleiben. Sie fürchtete sich, allein zu sein. Dann erzählte sie von ihrem Mann und dem Sohn, die beide schon tot waren. Der Mann starb vor zwölf Jahren an einer Lungenembolie. Der Sohn verunglückte mit seinem Motorrad tödlich, er wurde dreiundzwanzig. Frau Rupprecht hatte mir die Geschichte schon einmal erzählt, aber ich hörte ihr zu, ohne sie zu unterbrechen. Dann sprach sie über ihre Unruhe. Sie habe sie immer, bevor etwas Schlimmes eintrete. So sei es gewesen, als ihr Sohn umgekommen und als ihr Mann gestorben sei, und auch bei anderen Unglücken. Wenn sie die Unruhe habe, sei es schlimm. Sie wisse jetzt, daß irgend etwas passiert, irgendwo in der Welt.

Sie hielt meine Hand und schloß die Augen. Ich glaubte, sie sei eingeschlafen. Als ich gehen wollte, sprach sie weiter. Ich verstand nicht gleich, daß sie über ihren Sohn sprach.

Ich hatte vorher nicht gewußt, wie sehr einem ein Kind weh tun kann, sagte sie.

Sie sprach über den Unfall. Nach einiger Zeit fragte ich sie, ob es ihr besser ginge. Sie bedankte und entschuldigte sich. Ich half ihr ins Bett, dann ging ich in mein Zimmer. Ich hatte Hunger, aber die Küche war durch die Fotosachen verstellt. So trank ich nur einen Kognak und legte mich hin.

Am nächsten Morgen – ich stand spät auf, ich hatte Nachmittagsdienst – klingelte ich bei Frau Rupprecht. Es ging ihr wieder gut, ihre Augen waren klar. Sie entschuldigte sich nochmals, und ich sagte ihr, sie solle aufhören, sich immerfort zu entschuldigen. Sie lud mich zu einer Tasse Kaffee ein, doch ich sagte, daß ich keine Zeit hätte. Dann erzählte sie von einem Flugzeugunglück in Spanien. Sie habe es im Radio gehört. In der Nacht war eine Passagiermaschine abgestürzt. Sie fragte mich, ob es möglich sei, daß sie deswegen ihre Unruhe habe. Ich sagte ihr, daß ich es nicht wisse, es mir aber nicht vorstellen könne. Sie lachte über sich selbst und sagte: Ich bin ein verrücktes, altes Weib, was.

Ich war erleichtert, daß es ihr gut ging, und sagte es ihr. Dann verabschiedete ich mich.

Den Vormittag über trocknete ich die restlichen Fotos und räumte Küche und Bad auf. Dann bereitete ich mir Frühstück. Zwischendurch fuhr ich mit dem Fahrstuhl hinunter, um nach Post zu sehen. Es waren nur die Zeitungen und die Telefonrechnung da. Kurz vor zwölf machte ich mich auf den Weg in die Klinik. Während der Fahrt überlegte ich, was ich mit den Bildern anfangen sollte. Ich würde sie gern eine Zeitlang im Zimmer aufhängen. Doch es waren zu viele. Wahrscheinlich würde ich sie einfach wegpacken. Für irgendein Später, das es nie geben würde.

Die Bilder nach Hause zu schicken, hatte keinen Zweck. Mutter würde jedes Foto aufmerksam durchforschen, um etwas über mich zu erfahren. Sie hoffte immer noch, sich an meinem Leben beteiligen zu können.

Ich dachte an Frau Rupprecht, daran, daß ich öfter mal nach ihr sehen sollte. Ihre Unruhe war sicherlich nur ihre Einsamkeit.

Vor der Klinik gab es keine Parkmöglichkeit. Ich mußte in eine Seitenstraße fahren, um den Wagen abzustellen.

8

In der Stadt waren jetzt viele Touristen. Sobald aber die Geschäfte schlossen, wurden die Straßen leer und wirkten ausgestorben wie immer.

Mit Henry ging ich oft in unserem Park spazieren. Zweimal waren wir im Kino. Es gab amerikanische Unterhaltungsfilme, in denen vor allem Verfolgungsjagden zu sehen waren. Unentwegt stürzten Autos in Abgründe und explodierten. Im Kino war stickige Luft. Während der Film lief, ging ich hinaus. Das Gefühl, die Ausdünstungen meiner schwitzenden Nachbarn einzuatmen, verursachte bei mir so etwas wie Platzangst.

An einem Sonnabendmorgen machte ich mit Henry einen Einkaufsbummel. Wir kauften für ihn einen Anzug. Es war ein dunkler Zweireiher mit Nadelstreifen, und Henry sah in ihm elegant aus. Er meinte zwar, daß er ihn sicher nie tragen würde, aber er kaufte ihn. Ich suchte nach Gebrauchskeramik und Kosmetika, und Henry begleitete mich geduldig überallhin.

In der Klinik gab es für mich viel zu tun. Da Urlaubszeit war, bekam ich zusätzliche Patienten in meine Sprechstunden. Zweimal mußte ich Bereitschaft übernehmen. Wenn ich nach Hause kam, war ich zu müde, um noch etwas zu tun. An solchen Tagen bin ich mit meiner Wohnung zufrieden. Sie ist so klein und ausreichend komfortabel, ich kann einfach alles fallen lassen.

Störend war die Hitze. An heißen Sommertagen staut sich die Wärme im Zimmer. Abends lasse ich bei geöffneten Türen lange die Dusche laufen, was aber wenig hilft. So schlafe ich schlecht ein und werde vom Straßenlärm früh geweckt.

Anfang September rief mich Mutter in der Klinik an. Sie sagte, daß es Vater nicht gut gehe. Als ich fragte, ob ich kommen solle, sagte sie, daß sie nicht deswegen anriefe. Ich sagte ihr, daß ich jederzeit einen Urlaubstag nehmen könnte, wenn es Papa schlecht gehe. Sie erwiderte, es sei nicht schlimm, nicht so schlimm. Sie wollte nur meine Stimme mal wieder hören. Ich versprach ihr, sie bald zu besuchen.

Nach dem Gespräch überlegte ich, ob ich mit Henry zu den Eltern fahren sollte. Aber ich kannte Mutter. Sie würde sich so intensiv um Henry und mich kümmern, daß der Besuch eine einzige Verlegenheit werden würde.

Am Abend schrieb ich an Vater. Ich versuchte, herzlich zu sein. Ich wollte ihm einen langen Brief schreiben, doch nach einer halben Seite voller Floskeln fiel mir nichts mehr ein, und ich entschuldigte mich dafür. Auf dem Weg zur Post zerriß ich den Brief. Er erschien mir verlogen. Ich hätte Vater gern einen freundlichen Gruß geschrieben, aber wenn ich das leere Papier vor mir liegen sah, wußte ich nicht, was ich ihm sagen sollte. Vielleicht konnte ich einfach keine Briefe schreiben. Ich nahm mir vor, bald zu ihm zu fahren.

Mein Chef lud mich ein, ihn und seine Frau zu besuchen. Nach einer Dienstbesprechung bat er mich, noch für einen Moment im Zimmer zu bleiben. Er ließ mich wieder Platz nehmen und bot mir eine Zigarette an. Er spielte mit der Brille und wirkte befangen. Ich glaubte, er sei verlegen, weil er mir eine Beschwerde mitzuteilen hätte, und lächelte ihn an. Schließlich sagte er, daß seine Frau sich freuen würde, wenn ich bei ihnen vorbeischauen würde. Er sagte das sehr ironisch, was ich nicht verstand. Vielleicht war es der Wunsch seiner Frau, und er erledigte nur ihren Auftrag.

Ich bedankte mich, und er sagte, das wäre eigentlich schon alles. Wir waren jetzt beide verlegen. Es war unsinnig und zum Lachen. Ich wußte nicht, ob ich gehen sollte. Als der Chef sich über seinen Schreibtisch beugte, stand ich auf.

Vielen Dank für die Einladung, sagte ich.

Er blickte kurz hoch und sagte hochmütig: Na ja, wenn Sie einmal Zeit haben, aber ich weiß ja –

Er beendete den Satz nicht.

Als ich in mein Zimmer ging, dachte ich über ihn

nach. Ich glaube, er fühlt sich alt und allein. Er fürchtet, zurückgewiesen zu werden, und vergräbt sich darum in seine Arbeit und Einsamkeit. Aber ich war mir nicht sicher. Ich verstand ihn nicht. Ich hatte auch kein Verlangen danach, ihn genauer kennenzulernen. Wozu sollte ich mich mit seinen Problemen, Traumata, Ängsten befassen. Ich bin an irgendwelchen Abgründen und Schicksalen von Menschen nicht interessiert. Dazu habe ich zuviel zu tun, mit mir, mit meiner Arbeit. Ich kann Tabletten verschreiben und Spritzen geben. Der Rest ist nicht Sache der Medizin. Ich bin kein Beichtpriester, ich verabreiche nicht Trost. Irgend jemandem irgendwelchen Mut zuzusprechen, halte ich für tollkühn oder unaufrichtig. Probleme habe ich selbst. Sie interessieren mich nur bedingt und selten. Gewissermaßen nur, wenn ich unbeherrscht bin, wenn ich mich gehenlasse. Wenn ich mich Stimmungen hingebe. Zu lösen sind wirkliche Probleme ohnehin nicht. Man schleppt sie sein Leben lang mit sich herum, sie sind das Leben, und irgendwie stirbt man auch an ihnen. Die Generation meiner Großeltern hatte dafür Sprüche parat: Wenn man einem Übel ins Gesicht sieht, hört es auf, ein Übel zu sein. Ich habe andere Erfahrungen. Was man fürchtet, bringt einen um, wozu sich also damit beschäftigen. Und anderen Menschen kann man schon gar nicht helfen. Das ist nicht zynisch, es ist eher das Gegenteil. Wenn ich an einem unheilbar Kranken herumexperimentiere, erniedrige ich ihn zum Versuchstier. Er wird ohne mich auch sterben, aber leichter, unangestrengter. Er muß dann weniger Energien in unsinnigen Hoffnungen verbrauchen. Ich weiß, es wurde in unserem Jahrhundert üblich, Verdrängungen zu diagnostizieren, aufzudecken, ins Bewußtsein zu heben. Sie werden wie Krankheiten angesehen und behandelt. Seitdem weiß man, daß jeder eine verletzte Psyche hat, ein gestörtes Verhältnis zu sich, zu seiner eigenen kleinen Welt. Und seitdem sind alle irgendwie krank. Eine Mode, die krankheitbringende Medizin, die tödliche Wissenschaft. Was soll es helfen, Verdrängungen bewußt zu machen. Verdrängungen sind das Ergebnis einer Abwehr, das Sichwehren gegen eine Gefahr. Sie sollen dem Organismus helfen zu existieren. Ein Lebewesen versucht zu überstehen, indem es verschiedene Dinge, die es umbringen könnten, nicht wahrnimmt. Ein heilsamer, natürlicher Mechanismus. Wozu diese Leichen ausgraben, mit denen man ohnehin nicht leben kann. Schließlich, die gesamte Zivilisation ist eine Verdrängung. Das Zusammenleben von Menschen war nur zu erreichen, indem bestimmte Gefühle und Triebe unterdrückt wurden. Erst eine Menschheit, die in ihrer Gesamtheit den Psychiater benötigt oder vielmehr: benötigen würde, war fähig, in Gemeinschaft zu leben. Diese Unterdrückung erbrachte das, was wir den zivilisierten Menschen nennen.

Offenbar erfordert das Zusammenleben von Individuen einige Gitterstäbe in eben diesen Individuen. Die dunklen Kerker unserer Seelen, in die wir einschließen, was die dünne Schale unseres Menschseins bedroht. Ich verdränge täglich eine Flut von Ereignissen und Gefühlen, die mich demütigen und verletzen. Ohne diese Verdrängungen wäre ich nicht fähig, am Morgen aus dem Bett aufzustehen. Gitter, die uns vom Chaos trennen. Ein leichter Riß in unserer sanften Haut läßt Blut hervorquellen. Beim Anblick eines offengelegten, schlagenden Herzens wird den meisten Menschen übel. Ein simpler, recht mechanisch arbeitender Hohlmuskel verursacht beim Betrachter Atemnot, Schweißausbrüche, Erbrechen, Ohnmacht. Der gleiche kleine Fleisch- und Blutballen, der zuvor – diskret verborgen hinter menschlicher wirkender Oberfläche, abgedeckt mit glättenden Fettschichten und einer alles besänftigenden Epidermis – einen so hohen Stellenwert in unserem Bewußtsein einnahm und geeignet war, für ein Prisma aller unserer schönsten Gefühle einzustehen. Wie erst würden uns die sichtbar gemachten Ablagerungen auf dem Grund unserer Existenz schrecken. Und wozu heraufholen, was uns belästigt, bedroht, hilflos macht. Ein radioaktiver Müll des Individuums, der unendlich wirksam bleibt, dessen fast unhörbares Grollen uns ängstigt und mit dem wir nur zu leben verstehen, indem wir ihn in unsere tiefsten Tiefen einsargen, verschließen, versenken. Ins uneinholbare Vergessen getaucht.

Wir haben uns auf der Oberfläche eingerichtet. Eine

Beschränkung, die uns Vernunft und Zivilisation gebieten.

(Eine Kollegin berichtete über den Fall einer im Gestrüpp ihrer Innenwelt verirrten Seele. Der Mann war vierunddreißig, verfügte über einen relativ stabilen sexualökonomischen Haushalt. Sein Interesse an psychosoziologischer Literatur machte ihn mit Phänomenen des gestörten Sexuallebens bekannt, die er in der Folgezeit bei sich selbst diagnostizierte. Die intensive Beschäftigung mit seiner eigenen Person, das unaufhörliche Aufspüren und Registrieren aller Signale und Regungen seiner Psyche bescherten ihm schließlich eine ausgewachsene Kastrationsangst. Sie scheint um so unheilbarer, als der Mann die einschlägige Literatur kennt und der Therapie seine selbstgebastelte Eigenanalyse entgegensetzt. Scherze aus der Klinik.

Eine andere beliebte Geschichte: In der Universitätsklinik habe ein Kollege einem potenzgestörten Mann auf dessen Hilferuf hin lediglich erklärt: Mein Gott, seien Sie froh, daß Sie das los sind.

Medizinerspäße. Seit ich das weiß, machen sie mir weniger Spaß. Auch eine Folge unserer Seelendiagnose: wenn man einen Spaß richtig analysiert, hört er schnell auf, Spaß zu machen.)

Im übrigen ist es ohne Belang. Mein Desinteresse daran ist der wirksamste Schutz.

Karla sagte mir, daß Henry angerufen hätte. Sie habe ihm erzählt, daß ich Nachtbereitschaft mache. Er würde später noch mal anrufen.

Henry war seit einer Woche in Prag. Eine Dienstreise, er sollte sich die Rekonstruktionsarbeiten an einem historischen Gebäude, ich glaube, an einem Theater, ansehen. Er hatte versprochen, aus Prag anzurufen. Die Woche verging, ohne daß er sich meldete.

Gegen zehn Uhr abends erschien er. Ich saß im Ärztezimmer der Rettungsstation. Ein Kollege von der Gynäkologischen war kurz vorher zu mir gekommen. Wir sprachen über Gehälter. Der Kollege erzählte, daß seine Frau und er getrennte Konten haben. Gelegentlich borgen sie sich gegenseitig Geld, was pünktlich zurückgefordert und zurückgegeben wird. Die Finanzen des anderen sind tabu, das unverletzlich Heilige, die wahrhafte Intimsphäre. Der wechselseitige Gebrauch der Geschlechtsorgane ist vielleicht die urwüchsige, archaische Form der Ehe, das zivilisierte Zusammenleben zweier Menschen kennt verfeinerte Muster.

Als Henry kam, stand der Kollege auf. Ich stellte sie vor. Keiner der beiden sagte etwas. Man musterte sich schweigend, verhaltenes Lächeln, suchende Blicke zu mir. Vor ein paar Jahren noch wäre ich bemüht gewesen, irgend etwas zu sagen, eine banale Bemerkung, um das bedrückende Schweigen aufzulösen. Ich plauderte dann irgendwelche Dummheiten dahin, über die ich mich im nachhinein ärgerte. Alles nur, um dem Druck von Gesprächspausen auszuweichen. Das ist vorbei. Ich habe mir diese Schwäche abgewöhnt. Ich habe mich dazu erzogen, aus unangenehmen Situationen nicht mehr ins unverbindlich Belanglose zu fliehen. Jetzt genieße ich die nervöse, knisternde Stille, die merklich um sich greifende Verlegenheit, die sich lawinenartig vergrößernde Spannung. Das Verlangen nach dem Ende der unverhofft entstandenen Pause, die zu beenden immer unmöglicher wird, je länger sie anhält.

Henry betrachtete die Glasschränke, mein Kollege räusperte sich. Er stand noch immer. Dann sagte er etwas von seinem Dienst und daß er nicht stören wolle. Er zwinkerte mir aufatmend zu und verließ den Raum. Henry fragte, wer das gewesen sei. Ohne meine Antwort abzuwarten, sagte er, ihm sei dieser Mensch unangenehm. Ich erwiderte nichts.

Henry sprach dann über Prag. Er entschuldigte sich, daß er nicht angerufen habe. Von seinem Hotel aus waren keine Ferngespräche zu führen, und auf der Post sagte man ihm, er müsse mindestens zwei Stunden warten. Er fragte mich, ob ich verstehe, daß er nicht zwei Stunden lang in einer Prager Post herumsitzen könne. Er war direkt vom Flughafen zu mir gekommen. Ich bot ihm an, Essen holen zu lassen oder Kaffee. Er wollte nichts.

Bis halb zwölf blieb es auf den Stationen ruhig. Zweimal bat mich die Schwester hinaus, den Rest erledigte sie allein. Sie wollte mich nicht stören.

Ich lag auf der Pritsche, Henry saß neben mir und erzählte. Ich lauschte mehr seiner Stimme als dem, was er sagte. Später rückte er mit dem Stuhl zu mir. Er knöpfte an meiner Bluse, und ich sagte ihm, er soll das bleiben lassen. Er verstand nicht, warum wir jetzt nicht miteinander schlafen konnten. Er war verärgert. Ich sagte ihm, daß er nicht die ganze Nacht bei mir sitzen könne und nach Hause gehen solle. Er blieb jedoch. Er mußte am nächsten Tag nicht zur Arbeit.

Es war mir angenehm, ihn neben mir zu wissen. Ich fühlte mich gelöst und geborgen. Die Geräusche von draußen drangen kaum bis zu mir. Einmal schlief ich sogar kurz ein. Henry bemerkte es nicht, jedenfalls sagte er nichts dazu.

Kurz vor Mitternacht wurde ich zu einem Ehepaar rausgeholt. Die Frau hatte nervöse Herzbeschwerden. Sie schlief seit Tagen im Sitzen. Ich unterhielt mich mit beiden, machte ein Elektrokardiogramm und gab ihr eine beruhigende Spritze. Ich sagte, daß diese Fälle in der Mehrzahl keine organischen Ursachen haben, sondern in gestörten Beziehungen zur Umwelt wurzeln. Ich fragte sie über ihre Arbeit aus und das Verhältnis zu ihrem Mann. Ich konnte nicht verhindern, daß sich die Frau erregte. Sie verwahrte sich gegen meine angeblichen Unterstellungen, sagte, daß sie keine Probleme mit ihrer Arbeit habe, daß sie von allen geschätzt werde. Ihre Ehe sei völlig intakt, sie habe es nicht nötig, mit eingebildeten Krankheiten die Aufmerksamkeit ihres Mannes zu gewinnen. Ich versuchte ihr zu erklären, daß nach meiner Ansicht ihre Herzbeschwerden nicht eingebildet, sondern Folge seelischer Störungen seien. Sie war hektisch gerötet, als sie erwiderte, ich sei offenbar der Ansicht, sie gehöre zum Psychiater. Nein, sagte ich.

Ich gab ihr Tabletten mit, die ihr nicht helfen, aber auch nicht schaden würden. Sie sagte, sie würde einen anderen Arzt aufsuchen, und ich riet ihr zu. Sie hatte kein Vertrauen zu mir, und so hatte es keinen Zweck. Sie ging grußlos aus dem Zimmer. Ihr Mann war müde. Er schien wenig verstanden zu haben.

Wenn Sie recht haben sollten, sagte er endlich, wäre es schlimm. Dann wird ihr kein Arzt helfen können.

Ich nickte. Von draußen kam die schrille Stimme der Frau. Sie rief nach ihrem Mann. Jaja, sagte der und stand auf. Er blieb stehen und sah mich nachdenklich an.

Ihre Frau wird nur aus eigener Kraft gesund werden. Vielleicht werden Sie in Ihrer Ehe einiges ändern müssen, wir können nur Hilfestellungen geben, sagte ich.

Ich weiß nicht, ob sie soviel Mut aufbringt, meinte er. Wieder rief ihn die Frau. Er gab mir die Hand und bedankte sich. Dann ging er.

Inzwischen hatte unser „Nachtasyl" begonnen. Im Korridor der Rettungsstelle saßen Verletzte und Angetrunkene. Einige warteten auf die Behandlung, andere auf den Heimtransport. In den zwei Untersuchungszimmern lagen drei Betrunkene hilflos und blutverschmiert. Ab und zu wurde einer laut, und ein Pfleger oder eine Schwester begann zu brüllen. Nach Untersuchung und Behandlung werden sie entlassen oder kommen in Gewahrsam.

Um halb eins wurden uns drei Männer zur Blutentnahme gebracht, die die Polizei aus ihren Autos geholt hatte. Einer von ihnen drohte uns fortgesetzt, daß wir von ihm hören würden. Ein anderer atmete heftig durch den Mund, er war fürchterlich aufgeregt. Als ich ihn bat, seinen Arm frei zu machen, flüsterte er, er würde mir fünfhundert Mark geben, wenn ich ihm behilflich wär. Wörtlich sagte er: Wenn Sie etwas dran drehen. Ich sagte laut zu ihm, er solle den Mund halten. Der Mann blickte zum Polizisten hinüber, der uns gleichgültig zusah. Dann schwieg er. Als er hinausging, warf er mir einen haßerfüllten Blick zu.

Ich verabschiedete Henry. Er sollte nach Hause fahren. Ich wollte nicht, daß er die ganze Nacht hier zubringt. Für mich gab es jetzt zu tun. Wir küßten uns, und ich versprach, ihn telefonisch zu wecken.

Es gefiel mir nicht, wenn er mir bei der Arbeit zusah. Es lenkte mich ab und störte. Vor zwei Wochen hatte Henry eine Nacht mitgemacht. Er war neugierig und hatte mich darum gebeten. Ich hatte eine Bereitschaft im Rettungswagen übernommen. Ich war nicht dazu verpflichtet, in unseren Stationen mußten wir oft genug Nachtdienst machen. Ein Bekannter hatte mich gebeten, ihn zu vertreten, und ich hatte zugesagt. In jener Nacht gab es einen größeren Einsatz bei einer Tanzveranstaltung. Die Zentrale hatte eine Bereitschaft geschickt und beorderte später auch unseren Rettungswagen dorthin.

Die Tanzveranstaltung fand in einer Betriebskantine statt. Der Werkspförtner öffnete auf unser Hupen das Tor. Wir fuhren auf den Hof und parkten neben dem anderen Rettungswagen. Aus den geöffneten Fenstern im ersten Stock dröhnte Musik. Einige Jugendliche lagen auf den Fensterbrettern und beobachteten uns. Sie riefen zu uns herüber. Die Musik übertönte es.

Im Erdgeschoß hatte man die Garderobe eingerichtet. Dort saßen auch die Verletzten. Ein Kollege untersuchte sie. Zwei Polizisten und mehrere junge Männer standen herum. Die Verletzten wirkten apathisch. Sie waren angetrunken und stierten vor sich hin. Das meiste waren oberflächliche Verletzungen, die bereits vernarbten. Zum Klammern der Platzwunden war es zu spät. Ich begrüßte den Kollegen und fragte, was zu tun sei. Die Fahrer brachten zwei junge Männer in den Rettungswagen. Sie wurden in die Klinik gefahren. Einer schien ein gebrochenes Nasenbein zu haben. Es sollte geröntgt werden. Der andere hatte offensichtlich zwei Finger gebrochen. Die übrigen bekamen Mull und Heftpflaster aufgeklebt. Es gab wenig Arbeit. Ein zweiter Rettungswagen war nicht notwendig gewesen. Die jungen Männer, die um die Blessierten herumstanden, zogen sie von den Stühlen hoch und brachten sie mit unsanften Griffen zum Werkstor.

Henry wollte noch einen Blick nach oben werfen. Wir gingen die breite, gewundene Treppe hinauf. Links war ein Verkaufsstand. Es roch säuerlich nach verschüttetem Bier und warmer Wurst. Der Verkäufer, ein glatzköpfiger, fünfzigjähriger Mann, trug kurze Hosen und einen verschmierten, offenen Kittel über dem nackten Oberkörper.

Auf der anderen Seite führten drei große Türen in den Tanzsaal. Wir stellten uns an die erste Tür und sahen hinein. Die Bühne wurde durch wechselndes, farbiges Licht beleuchtet. Der Saal blieb dunkel. Die Musik war ohrenbetäubend, schmerzend. Die Jugendlichen saßen an langen Tischen, vor ihnen Schnapsflaschen. Zwischen den Reihen torkelten einige Gestalten und stützten sich auf die Schultern der Sitzenden. Eng verschlungen bewegten sich dort drei Paare. Die große Verstärkeranlage war auf sie gerichtet. Es mußte dort unerträglich sein.

Als ich mich an das diffuse Licht gewöhnt hatte, sah ich, daß nur Mädchen tanzten. Auch an den Tischen saßen die Mädchen allein. Keiner der Jungen interessierte sich für sie. Sie hockten nur stumpf da und tranken Schnaps. An einem Tisch gröhlten vier Männer so etwas wie ein Lied, aber sie gaben es bald auf. Die Musik aus den Lautsprechern überdröhnte alles.

Als die Musiker Pause machten und von der Bühne gingen, wurde Stimmengewirr hörbar, Rufe, ein Mädchenkreischen. Dann überschwemmte die Musik wieder alles. Sie wurde jetzt vom Tonband eingespielt.

Wir gingen hinaus. Ich spürte, wie meine rechte Schläfe zu schmerzen begann.

Im Vorraum standen die Sängerin und einer der Musiker. Die Frau war grell geschminkt und trug ein Glitzerkostüm. Zwischen der uniformen Jeanskleidung des Publikums wirkte sie verloren und seltsam wie ein exotischer Schmetterling.

Gefällt dir unsere Musik? fragte sie mich.

Ich weiß nicht, sagte ich, es ist so laut.

Ein Scheiß, aber die wollens nicht anders, stimmte sie mir zu und deutete mit dem Kopf zum Saal.

Warum tanzt keiner? fragte Henry.

Weiß nicht, die tanzen nie. Kommen nur so, meinte die Sängerin gleichgültig.

Und was wollen die hier? fragte Henry weiter.

Weiß nicht. Irgendein Scheiß, antwortete sie lächelnd. Sie bot uns Rotwein an, den sie aus der Flasche trank.

Ich sagte, wir seien im Dienst, und sie nickte.

Die jungen Männer, die bei den Verletzten gestanden hatten, kamen die Treppe hoch. Einer von ihnen, er war vielleicht achtzehn Jahre, kam zu uns.

Was nicht in Ordnung? fragte er und antwortete dann gleich selbst: Alles im Griff.

Er zwinkerte selbstgefällig und ging mit seinen Freunden in den Saal. Wir sahen ihm nach. Sie gingen durch die Reihen und stießen hier und dort ein paar Leute an. Einen Mann, der unter den Tisch gesunken war, zogen sie hoch und brachten ihn raus. An der Treppe gaben sie ihm einen Stoß. Der Betrunkene taumelte die Stufen hinunter, ohne hinzufallen, und landete vor der Garderobe. Die beiden, die ihn hinuntergestoßen hatten, lachten und kamen zu uns. Der Junge zwinkerte wieder selbstbewußt und meinte: Rationelles Arbeiten hier.

Dann gingen sie wieder in den Saal.

Der Ordnungstrupp, erklärte uns der Musiker, ohne die sähs hier bunter aus.

Ich konnte es mir vorstellen.

Das Gelbe vom Ei ist es nicht, nicht für mich, sagte die Sängerin.

Was haben Sie vor? fragte ich.

Weiß nicht. Irgendwas andres. Der Scheiß ist, du lernst hier keinen Vernünftigen kennen. Hier besäuft sich alles, und meine Jungs wolln nur was fürs Bett festmachen.

Der Musiker protestierte.

Ist doch wahr, unterbrach sie ihn, wer kommt hier schon her.

Sie mußte so alt sein wie ich. Die viele Schminke machte sie älter.

Du hast nie ein vernünftiges Gespräch, verstehst du, sagte sie zu mir.

Wir gingen die Treppe runter. An unserem Rettungswagen standen die beiden Polizisten und sprachen mit dem Fahrer.

Henry fragte sie: Auf was warten die da oben? Sie kommen her und warten.

Ach was, sagte ein Polizist, die wollen nur saufen.

Saufen und Krawall machen, bestätigte der andere.

Dann lachten sie beide.

Nein, widersprach Henry, sie warten, daß irgend etwas passiert. Sie hoffen, daß etwas geschieht. Irgend etwas, vielleicht ihr Leben.

Die Polizisten sahen sich an. Sie schwiegen vielsagend. Als wir in den Wagen stiegen, fragte einer von ihnen Henry: Sind Sie Arzt?

Ja, erwiderte ich, und Henry sagte gleichzeitig: Nein.
Also was? fragte der Polizist.
Er ist mein Mann, sagte ich.
Der Polizist nickte. Dann wandte er sich an mich und meinte: Ihr Mann darf im Rettungswagen nicht mitfahren, das wissen Sie.
Keiner erwiderte etwas. Wir fuhren los.
Den Rest der Nacht verbrachte Henry mit mir im Arztzimmer. Wir hatten noch zwei Einsätze zu fahren. Henry kam jedesmal mit. Ich glaube, er war irgendwie enttäuscht. Sehr aufregend ist meine Arbeit nicht.
Jedenfalls wollte ich ihn nicht noch mal während des Dienstes bei mir haben. Deswegen bat ich ihn zu gehen. Ich stand vor der Klinik und sah seinem Wagen nach. Es war kalt, und ich fröstelte. Der Himmel war wolkenlos und zeigte gleichmütig die Pracht seiner Sterne. Das Blut in meinem Kopf pochte. Das kam von der Müdigkeit. Ich atmete tief durch. Dann ging ich ins Haus.

9

Mitte Oktober fuhr ich nach G. Ich hatte zwei freie Tage, die ich nicht in Berlin verbringen wollte.

Die Fahrt kam für mich selbst überraschend. Einen Tag vorher, am Mittwoch, rief ich das einzige Hotel in G. an und bekam noch ein Zimmer für eine Nacht.

Warum ich nach G. fahren wollte, kann ich nicht sagen. Ich habe dort meine Kindheit verbracht. Als ich vierzehn Jahre alt war, zogen meine Eltern um. Seitdem war ich nie wieder in dieser Stadt gewesen.

Ich rief Henry auf seiner Arbeitsstelle an und sagte ihm, daß ich für zwei Tage Urlaub mache. Er fragte, ob er mitkommen könnte. Ich sagte, es werde für mich so etwas wie eine Fahrt in die Vergangenheit sein, er würde sich langweilen. Zwei Stunden später rief ich noch mal an und sagte, daß ich mich freuen würde, wenn er mitkäme. Er lachte über mich und fragte, ob ich fürchte, die Gespenster der Vergangenheit zu wecken oder was sonst meinen Sinneswandel herbeigeführt habe. Ich sagte, daß ich alles nicht überlegt und eigentlich keinen rechten Grund habe, nach G. zu fahren. Und wenn ich etwas befürchte, dann nur, mich zwei Tage lang in einem kleinen Nest zu langweilen, mit dem ich überhaupt nichts gemein habe. Er riet mir, in irgendeine Stadt zu fahren, nur nicht nach G. Er sagte etwas von einem unbedachten Weg zurück in ein überholtes Vorher und daß mir das nicht helfen könne. Ich sagte, ich wolle es mir nur ansehen, meine Erinnerungen überprüfen, nicht mehr.

Wir verabredeten uns zum Frühstück.

Am nächsten Morgen fuhren wir gegen neun Uhr los. Wir fuhren mit Henrys Wagen. Unterwegs meinte er, ich solle etwas von G. erzählen, von meiner Kindheit. Ich beschrieb ihm die Stadt, unser Haus. Ich erzählte von meinen Eltern und meiner Schwester, und ich sprach von der Schule, dem kleinen Klassenzimmer, von Freundschaften, Liebe und den unendlichen Heimlichkeiten.

Henry und ich lachten viel während der Fahrt, und mein plötzlicher Einfall, die Heimatstadt zu besuchen, erschien mir jetzt nicht mehr seltsam oder einer Erklärung bedürftig wie noch vor Stunden.

Als wir ankamen und durch G. fuhren, spürte ich eine aufkommende Beklommenheit. Um mich abzulenken, redete ich viel. Ich sagte Henry, wie er fahren müsse, um zu dem Hotel zu kommen. Da ich mich nur ungenau erinnerte, dauerte es einige Zeit, bis wir am „Goldenen Anker" ankamen.

An der Rezeption mußten wir warten, bis endlich ein Mädchen aus der Küche erschien. Sie war dick und mißtrauisch und antwortete einsilbig. Für Henry bekamen wir noch ein Zimmer, ein Zweibettzimmer war nicht frei.

Während wir die Anmeldungen ausfüllten, musterte sie uns eindringlich. Dann gab sie uns die Schlüssel und wies auf ein Schild mit den Essenszeiten. Sie las sich unsere Anmeldungen durch. Dann griff sie nach einem dikken Buch und übertrug unsere Namen und Adressen.

Ich war bereits auf dem Weg zur Treppe, als mir einfiel, sie nach den anderen Gästen zu fragen. Sie verstand mich nicht, und ich mußte ihr erklären, warum ich fragte. Dann sagte sie: Es sind Dienstreisende und so. Leute wie Sie.

Ich bat sie, in das Gästebuch einsehen zu dürfen. Sie sah mich verwundert an, klappte das Buch schweigend zu und steckte es in ein Schubfach. Sie legte beide Hände auf das Pult, zwei rote, rissige Hände, die das Gästebuch für mich endgültig versiegelten, und blickte mich gleichgültig an. Sie würde erst wieder in ihrer Küche verschwinden, wenn ich in mein Zimmer gegangen war.

Henry fragte mich, was ich von ihr wollte. Ich lachte und sagte, daß ich mich plötzlich gefragt hätte, wer außer uns noch einen Grund habe, nach G. zu fahren und hier zu übernachten, in diesem kleinen, unbedeutenden Nest. Und mir wäre der Gedanke gekommen, daß es möglicherweise meine Schulkameraden seien. Ich sah sonst für keinen Menschen einen Grund, hierher zu fahren. Einen Moment war ich ganz sicher gewesen, daß in allen Zimmern des „Goldenen Ankers" zurückgekehrte Schulfreunde wohnen, die wie ich für ein paar Tage ihren Erinnerungen nachgehen wollten.

Es war dumm von mir, sagte ich, ich weiß, aber es wäre doch lustig.

Am Nachmittag liefen wir durch das Städtchen. Alles war klein, viel kleiner, als ich es in Erinnerung hatte. Dennoch, es schien mir unverändert. Selbst die verblaßte Schrift über dem Lebensmittelladen gegenüber der alten Schule behauptete sich noch immer gegen Wetterunbilden und den Gang der Geschichte: Colonialwaren, Südfrüchte, Importe.

Ich lief durch die Stadt wie mit einer Tarnkappe versehen: Ich sah und erkannte wieder, und keiner erkannte mich. Ich war über fünfundzwanzig Jahre nicht mehr in G. gewesen. Es schien nichts verändert, und ich wußte, daß alles anders war, anders sein mußte. Doch ich würde die Veränderungen nicht bemerken. Für mich würde G. die Stadt eines zwölfjährigen Mädchens bleiben, angefüllt mit den Hoffnungen und Schrecken eines Kindes, dem ich mich eigentümlich distanziert verbunden fühlte.

Da wir kein Mittag essen wollten, kaufte ich in der Bäckerei am Markt Kuchen. Eine blonde junge Frau stand hinter dem Ladentisch und fragte sehr freundlich nach meinen Wünschen. Ich sah, daß man die Regale erneuert hatte, aber die Wände waren noch immer gefliest wie in einer Fleischerei. Rechts führte eine Tür in den Backraum. Sie stand offen wie früher. Hinter der zweiten Tür, mit einer Glasscheibe und weißen Gardinen versehen, lag die Wohnung des Bäckers Wirsing. Frau Wirsing schaute damals gelegentlich durch die Gardine in den Verkaufsraum. Wenn die Kunden anstanden oder sie eine Bekannte entdeckte, kam sie raus und bediente selbst.

Die blonde Verkäuferin schlug mit geschickten, schnellen Bewegungen das Papier um meinen Kuchen zusammen. Ich fragte sie, ob die Chefin da wäre und zu sprechen sei.

Einen Moment, sagte sie und klopfte an die kleine Glasscheibe mit der Gardine. Die Tür ging auf, und die Verkäuferin sagte etwas, das ich nicht hören konnte. Dann erschien eine fünfzigjährige, füllige Frau in der Tür. Ihr Haar war dunkelrot gefärbt mit einer silbernen Locke. Sie trug eine Küchenschürze. Als sie auf mich zukam, zog sie fragend die Lippen zusammen.

Ja, bitte, sagte sie.

Ich antwortete nicht. Sie blieb vor mir stehen, die Lippen unverändert gespitzt.

Haben Sie einen Wunsch?

Ich schüttelte den Kopf: Entschuldigen Sie bitte, es war eine Verwechslung.

Ich bezahlte, nahm mein Kuchenpaket, und wir gingen hinaus. Die neue Chefin und ihre Verkäuferin sahen uns nach.

Laß das sein, sagte Henry sanft, als wir draußen standen.

Früher, sagte ich, bekamen wir von Frau Wirsing Kuchenränder. Für zehn Pfennig eine riesige Tüte mit Kuchenrändern. Wir haben uns hier jeden Nachmittag damit vollgestopft.

Henry nickte begütigend.

Bis zum Abend liefen wir kreuz und quer durch die Stadt. Wir gingen auf den Mühlberg und zur alten Mühle. Ich zeigte ihm die beiden touristischen Sehenswürdigkeiten von G., den Luisenstein und das Schillerzimmer. Wir gingen auch zur Bismarck-Gärtnerei, die vor der Stadt liegt, eine weitflächige Gartenanlage mit Springbrunnen und einem kleinen Tierpark. Jetzt waren dort Rehe, eine Bergziege und Papageien. Der Käfig, in dem damals eine Schnee-Eule saß, stand leer. Ich staunte, wie wenig Tiere hier waren. In meiner Erinnerung gab es Braunbären, Esel und Wölfe. Ich mußte mich geirrt haben. Es gab gar keinen Platz. Sie konnten auch damals nicht vorhanden gewesen sein.

Henry gefiel die Gärtnerei. Er fragte, ob ich nicht auch Lust hätte, hier als Gärtner oder Tierwärter zu arbeiten.

In der Stadt, vor dem Schreibwarenladen, kam uns eine Frau mit einem Kind an der Hand entgegen. Ich erkannte sie augenblicklich. Es war Lucie Brehm. Ich wollte sie ansprechen. Henry bemerkte es und faßte nach meiner Hand. Gib es auf, sagte er leise und nachdrücklich. Er hatte recht, er war der Vernünftigere von uns. Es war ein unüberlegter Impuls von mir.

Lucie Brehm, oder wie sie jetzt heißen mochte, mußte meinen Blick bemerkt haben. Sie sah mich an, und ich lächelte ihr zu. Unbewegt sah sie zu mir. Sie war schöner geworden. Das dumme, dickliche Kindergesicht hatte sanfte, gleichmäßige Linien bekommen. Ihre Augen blickten wie früher hilflos, aber was uns damals verlogen und unterwürfig erschien, hatte jetzt etwas von einem alles verstehenden Schimmer.

Mein Lächeln verwunderte sie. Sie sah mich nachdenklich an. Dann wandte sie sich ab und ging, das Kind hinter sich her ziehend, an mir vorbei.

Ich erzählte Henry von ihr. Lucie saß zwei Reihen vor mir. Sie war nicht beliebt in der Klasse. Es gab dafür eigentlich keinen Grund, und sie versuchte immer wieder, mit einem Mädchen Freundschaft zu schließen. Es gelang ihr nicht, sie wurde einfach nicht angenommen. Irgend etwas an ihr störte uns. Ich weiß nicht, was es war, und ich wußte es auch damals nicht. Es war ein ungeschriebenes Gesetz der Klasse, sich nicht mit ihr zu befreunden. Ich hätte nie gewagt, dagegen zu verstoßen, und sicher wollte ich es auch nicht. Als einzige von uns besaß sie keinen Sportdreß. Sie turnte in ihrer rosa Unterhose. Einmal, als sie am Reck hing, zog ihr ein Mädchen blitzschnell dieses rosa Höschen aus, und Lucie ließ sich vor Schreck und Scham auf die Matte plumpsen. Wir amüsierten uns sehr, und auch der Sportlehrer lachte. Wir fanden es komisch, wie sie versuchte, ihre Hose wiederzubekommen, die nur ein paar Schritte von der Matte entfernt lag. Lucie wollte nicht aufstehen, um sich nicht vollständig zu entblößen, und, eine Hand auf die zusammengepreßten Schenkel drückend, angelte sie nach dem rosa Höschen. Keine von uns half ihr. Schließlich kam Herr Ebert, unser Sportlehrer, und hob die Unterhose mit zwei Fingern hoch. Er hielt sie über Lucies

Kopf. Sie versuchte, sie zu erreichen, was ihr ohne aufzustehen nicht möglich war. Dann ließ Herr Ebert die Hose fallen, und Lucie zog sich hastig an. Sie weinte überhaupt nicht, was mich verwunderte. Sie war auch nicht wütend. Sie sah uns beschämt und demütig an, noch immer um unsere Liebe bettelnd. Es hieß, sie sei schleimig, und keine wollte mit ihr zu tun haben.

Vor Herrn Ebert fürchteten wir uns alle. Selbst die Sportskanonen in unserer Klasse fürchteten ihn. Sie waren seine Lieblinge, und er rächte sich erbarmungslos, wenn ihn seine Lieblinge enttäuschten. Die von ihm bevorzugten Beschimpfungen lauteten „Matschpflaume" und „Saftsack", Worte, die er langsam und genüßlich zerdehnte, während die so Angeredeten unglücklich an einer Reckstange oder zwischen den Holmen eines Barrens hingen. Wir anderen lachten. Wir lachten um so lauter und begeisterter, je unausweichlicher das Schicksal, an das Sportgerät zu gehen, sich uns näherte. Die drohende Gefahr, lächerlich gemacht zu werden, verkrampfte uns und machte uns unfähig, die einfachsten Übungen zu bewältigen. Der zu erwartende bissige Spott des Lehrers lastete wie Blei auf uns, bevor sich die schwitzenden Hände an Holme, Stangen, Seile klammerten. Die Bemerkungen von Herrn Ebert träufelten auf uns wie eine klebrige, alles verschmierende Masse, die uns starr und leblos machte. Daß seine Ausdrücke uns tiefer verletzen sollten als nur in unserem sportlichen Ehrgeiz – „Matschpflaumen" waren ausschließlich die Mädchen, „Saftsack" galt für die Jungen –, begriffen wir erst später. Begriff ich erst später.

Ich weiß nicht mehr, wie der Sportlehrer an der Oberschule hieß. In meiner Erinnerung ist es Herr Ebert, aber ich weiß, daß ich mich täusche. Es muß ein anderer Lehrer gewesen sein, es war eine andere Schule und eine andere Stadt. Es war alles anders, und doch hatte sich wenig geändert. Dem neuen Herrn Ebert gefiel es, sich vorturnen zu lassen. Die drei, vier schönsten und entwickeltsten Mädchen ließ er unentwegt am Reck sich überschlagen oder Gymnastik treiben. Mit hochroten Köpfen turnten die Mädchen unter den genüßlichen Blicken des Lehrers immer wieder die Übungen vor, während der Rest der Klasse, glücklicherweise gehörte ich zu ihm, zu den Spätentwicklern, leise kichernd das Spiel des Sportlehrers mit den Mitschülerinnen beobachtete. Wir bedauerten und gleichzeitig beneideten wir sie. Es gab Turnstunden, in denen ich nur auf der Bank saß und zusah, wie der neue Herr Ebert wohlwollend auf seine Auserwählten einredete, sie immer wieder dazu bewog, vor ihm zu springen und sich zu bewegen, wobei er ihnen reichlich mit Hilfestellungen, einem amtlich sanktionierten Betasten von Mädchenkörpern, beistand.

Noch Jahre nach der Schule belastete es mich, unsportlich zu sein, ungelenk, eine „Matschpflaume". Und als ich endlich darüber sprechen konnte, zeigte sich zögernd und vorsichtig, daß die Erinnerungen der anderen ähnlich waren. Jeder hatte seinen Herrn Ebert, jeder spürte noch Jahre nach der Schule den festen und schmerzlichen Griff, die ätzenden Bemerkungen. Ich glaube jetzt, meine Generation ging in den Turnhallen ihrer Schulen so nachhaltig auf die Matte, daß es uns noch immer in allen Gliedern steckt (auch in der Matschpflaume und dem Saftsack). Irgendwie haben uns die Leibesertüchtigungen gründlich lädiert.

Natürlich ist das alles von mir übertrieben, zugespitzt subjektiv, unhaltbar. Eine verstiegene, private Ansicht, ohne ausreichende Kenntnis der wirklichen Probleme, Schwierigkeiten und Erfolge. Natürlich fehlt mir die Übersicht, um solche Erlebnisse richtig einschätzen zu können. Mir fehlt die Übersicht, weil ich noch immer auf der Matte liege.

Henry hatte mir aufmerksam zugehört. Lächelnd sagte er dann nochmals: Gib es endlich auf.

Am Abend wollten wir ins Kino gehen, um nicht im Hotelrestaurant oder in unseren Zimmern sitzen zu müssen. Im „Schwarzen Löwen", einer Bierkneipe, aßen wir zuvor. Es gab nur Gulaschsuppe, und wir ließen uns jeder eine Terrine mit drei Portionen geben und einen Teller Brot. Wir hatten Hunger und wollten nicht zurück ins Hotel. Andere Gaststätten gab es nicht, oder sie waren bereits geschlossen. Die Suppe schmeckte wäßrig, und wir aßen viel Brot. Die Einheimischen tranken still ihr Bier und beobachteten uns. Es waren ältere Männer da und Männer in meinem Alter. Ich kannte keinen.

An der Kinokasse mußten wir warten. Die Kassiererin erklärte uns, daß sie den Film nur zeigten, wenn mindestens fünf Besucher da seien. Vor dem Kino standen zwei Halbwüchsige. Wir warteten im Foyer und rauchten.

Fünf Minuten nach acht kamen die beiden Jungen mit zwei Mädchen rein und verlangten vier Karten. Die Kassiererin griff mürrisch nach der Kartenrolle. Eins der Mädchen sagte, es wolle nicht ins Kino gehen, und rannte hinaus. Ihre Freundin folgte ihr. Dann lief einer der Jungen hinter ihnen her und kam mit den beiden zurück. Er hatte einen Finger in das Haar des einen Mädchens gewickelt und zog sie so hinter sich her. Vor der Kasse ließ er sie frei. Die Mädchen wollten jetzt den Film sehen, doch sie wollten nicht selbst bezahlen. Sie verlangten, daß die Jungen ihnen die Karten kauften. Aber die weigerten sich, und als die Kassiererin sie wütend anherrschte, holten die Mädchen schließlich ihr Geld hervor.

Das Kino war unverändert. Noch immer dieselben Klappstuhlreihen mit dem verschlissenen roten Bezug und die olivgrüne Lackierung der Wände.

Der Vorführer hatte den Film bereits anlaufen lassen, als wir an der Kasse standen. Das Saallicht war eingeschaltet. Es war ein spanischer Film über einen Arbeiter, der von seinem Chef entlassen wird und mit der Familie aufs Dorf zieht. Es gab schöne Landschaftsaufnahmen. Wir langweilten uns und gingen hinaus. Auch die Halbwüchsigen sahen nicht mehr zu. Sie saßen engumschlungen und küßten sich.

Die Tür im Foyer war abgeschlossen. Wir mußten die Kassiererin holen, damit sie uns hinausließ. Als sie die Tür aufschloß, war sie gekränkt und sah uns feindselig an. Wenn wir nicht gekommen wären, hätte sie bereits Feierabend. Sie fühlte sich betrogen.

Auch das Hotel war bereits geschlossen. Eine Nachtklingel rief einen verkrüppelten Portier herbei, der uns einließ und die Zimmerschlüssel gab. Es war erst neun

Uhr, aber ich wollte schlafen und verabschiedete mich von Henry.

Eine Stunde später stand ich wieder auf, zog mich an und ging zum Portier hinunter. Ich fragte ihn, ob er mir eine Flasche Wein verkaufen könne, und er erwiderte, daß es um diese Zeit nicht möglich sei. Ich gab ihm dann zehn Mark, und er holte mir drei Flaschen Bier aus dem Kühlschrank. Wieder in meinem Zimmer, setzte ich mich in den Sessel und rauchte. Ich wußte, daß ich die nächsten zwei, drei Stunden nicht einschlafen würde. Ich kannte mich, ich mußte es nicht erst versuchen.

Die Reise nach G. war unsinnig. Jetzt bedauerte ich, mit Henry gefahren zu sein. Eine selbstverschuldete Peinlichkeit läßt sich allein besser überstehen. Die Vergangenheit ist nicht mehr auffindbar. Es bleiben nur die ungenauen Reste und Vorstellungen in uns. Verzerrt, verschönt, falsch. Nichts ist mehr überprüfbar. Meine Erinnerungen sind unwiderleglich geworden. Es war, wie ich es bewahrt habe, wie ich es bewahre. Meine Träume können nicht mehr beschädigt werden, meine Ängste nicht mehr gelöscht. Mein G. ist nicht mehr vorhanden. Diese Stadt hat die frühere Stadt längst und vollständig vergessen. Das steinerne Zeugnis lügt von einer Gemeinsamkeit, aber der Regen hat die Zeit unauffindbar hinweggespült. Es gibt keine Wiederkehr, keine Heimfahrt. Hinter uns sind nur brennende Städte, und die Umkehrende, die Zurückblickende erstarrt zu einer Säule bitteren Salzes.

Die alte Schule war ein Lagerraum geworden. Ihr gegenüber stand ein neuer Flachbau mit großen Fenstern, in dem jetzt unterrichtet wird. Ich hatte am Nachmittag versucht, in die alten Klassenzimmer zu sehen, doch die Scheiben waren blind, sie spiegelten undeutlich mein Gesicht. Henry drängte weiterzugehen. Im oberen Stockwerk hatte man die Fenster zugenagelt. In dem Klassenzimmer, in dem ich mit einundzwanzig Mitschülern um die Liebe allmächtiger Lehrer gebuhlt hatte, um die Schrecken unserer Ohnmacht und Abhängigkeiten zu mildern oder einzuschläfern, war die Wand durchbrochen. An einem über dem Durchbruch herausragenden

Balken hing ein Flaschenzug. Hier hatte uns Herr Gerschke unterrichtet, der Geschichtslehrer.

Ich glaube, Herr Gerschke wurde von allen Mädchen geliebt. Er ging auch im Hochsommer stets mit Anzug und Krawatte. Er war gerecht, und das war das höchste Lob, das wir einem Lehrer gaben. Ich lernte nur für ihn. Nur für ihn las ich zusätzliche Bücher, die mich langweilten, in der Hoffnung, von ihm gelobt zu werden. In der sechsten Klasse verschwand er plötzlich. Es gab viel Aufregung in der Schule und in der Stadt. Es hieß, er habe sich an einer Schülerin aus der neunten Klasse vergriffen. Ich war entsetzt. Ich stellte mir vor, Herr Gerschke habe das Mädchen verprügelt, sie geschlagen. Etwas anderes konnte ich mir unter dem Wort „vergriffen" nicht vorstellen, und diese Vorstellung war mir unerträglich. Als ich mit einer Mitschülerin darüber sprach, sagte sie, daß ich dämlich sei und Herr Gerschke das Mädchen aus der neunten keineswegs mit den Händen bearbeitet hätte, im Gegenteil. Ich verstand sie nicht, und sie sagte, daß er eine Liebschaft mit ihr gehabt hätte. Ach so, sagte ich und gab vor, begriffen zu haben. Etwas wie Neid auf dieses Mädchen aus der neunten Klasse stieg in mir auf, ein Neid, der mehr eine Sehnsucht danach war, endlich auch alt genug zu sein, um Herrn Gerschke auf mich aufmerksam zu machen. Er sollte mich nicht mehr nur meiner zusätzlich gelesenen Bücher und meiner eifrigen Mitarbeit wegen loben, er sollte mich selbst wahrnehmen.

Ich verstand allerdings nicht, warum es so schlimm war, daß er eine Liebschaft mit einer Schülerin hatte. Als ich mit meiner Mutter darüber sprach, entschloß sie sich, mich aufzuklären. Durch den Vorfall an der Schule beängstigt, tat sie es rabiat. Mit den Illusionen zerstörte sie in mir meine schönste Hoffnung, den Wunsch, schnell erwachsen zu werden. Ich wollte nicht mehr heiraten oder wenn doch, dann sehr spät. Ich wußte nun, daß man sich keinesfalls zu früh mit einem Mann einlassen durfte, daß man sich seiner Liebe durch jahrelanges Warten versichern mußte, daß jede Frau nur einen einzigen Mann lieben durfte, für den sie sich bewahren mußte. Schreckliche Krankheiten, sieche Gestalten voller Auswüchse und Eiter, ein Leben, das nur noch den Tod erhofft, waren mahnende, eindringliche Gespenster, die mich für Jahre verfolgten. Ich war sechzehn, als ich das erste Mal einem Jungen gestattete, mich zu küssen. Und ich weiß, daß ich anschließend nach Hause stürzte, um mich von Kopf bis Fuß gründlich zu säubern.

Jahre später, ich studierte bereits Medizin, lernte ich bei einem Wochenendbesuch den Freund meiner kleinen Schwester kennen. Sie war damals sechzehn, und ihr Freund Anfang Vierzig. Er hatte graumelierte Schläfen und am Ringfinger den hellen Schatten eines abgestreiften Eherings. Fassungslos beobachtete ich meine Eltern. Sie nahmen ihn herzlich und unbefangen als Freund ihrer jüngsten Tochter auf. Er, der kaum jünger als meine Eltern war, wurde von ihnen wie selbstverständlich akzeptiert. Alle ihre Schrecken und Ängste waren verschwunden. Sie hatten sich von ihnen befreit, indem sie sie dem kleinen Mädchen übertrugen, das ich damals war. Sie waren die bedrückende Sorge los, ich mußte damit leben. Jahrelang war mein Kopf mit verquasten Bildern von Sexualität verklebt.

Herr Gerschke und das Mädchen aus der neunten Klasse blieben verschwunden. Das Mädchen war mit ihren Eltern verzogen. Von Herrn Gerschke hieß es, er sei in einem Zuchthaus. Später erfuhren wir, daß er in einer anderen Stadt als Lehrer arbeitete. Er sei rehabilitiert worden. Sein Vergehen war allein der Phantasie und dem Wunschtraum jenes Mädchens entsprungen.

Wir spürten die Aufregung der Lehrer, ihre Nervosität. Und wir begriffen schnell, daß wir uns in unserer Ohnmacht nicht nur durch Willfährigkeit schützen konnten, daß Rettung nicht nur im bereitwilligen, vollständigen Sichausliefern bestand, sondern daß auch die allmächtigen Lehrer gefährdet waren. Gefährdet durch uns.

Unsere Klassenlehrerin wurde für zwei Jahre Fräulein Nitschke, eine ältere, alleinstehende Frau. Ein Fräulein. Hager und kränklich saß sie mit ihrem stark gepuderten Gesicht hinter dem Lehrertisch und las uns Verse und ausgewählte Prosa vor. Sie versuchte, uns in die Schönheiten der Sprache einzuführen, doch wir waren darauf trainiert, Aufmerksamkeit oder auch nur geheucheltes Interesse allein bei angedrohten und gelegentlich auch ausgeführten Strafen aufzubringen. Sie erwies sich als unfähig dazu, und wir ließen sie dafür leiden. Es berührte sie sichtlich, wenn eine dumme Bemerkung, ein einfallsloser Witz unsere einzige Reaktion auf eines der von ihr vorgetragenen romantischen Gedichte war. Sie bestrafte uns nicht, sie zeigte, daß unsere Dummheit und unser Unverständnis sie schmerzten. Sie wollte uns wohl erziehen, indem sie die ihr von uns zugefügten Demütigungen nicht verbarg. Sie hoffte, daß ihre Betroffenheit uns beschämen würde. Das haben wir ihr nie verziehen.

Nur ein einziges Mal entstand in uns etwas wie Verständnis für diese eigentümliche, uns fremde Frau. An jenem Tag, als der Panzer kam und wir erregt ans Fenster stürzten, saß sie mit Schüttelfrost auf dem Stuhl vor dem Lehrertisch. Sie wirkte wie gelähmt. Wir umstanden sie und versuchten, ihr zu helfen. Sie war nicht ansprechbar. Wir hatten Angst, und zwei Mädchen weinten hysterisch. Nach ein paar Minuten beruhigte sie sich. Sie schwitzte und wirkte erschöpft. Wir boten ihr an, sie nach Hause zu bringen, doch sie war beunruhigt und wollte die Klasse an diesem Tag nicht ohne Lehrer lassen. Erst als eine Vertretung kam, ließ sie sich von zwei Schülern nach Hause bringen. Später hörte ich, sie sei im Krieg verschüttet gewesen. Andere sagten, sie habe die Bombardierung Dresdens erlebt, bei der ihre Familie verbrannte. Sie selbst sprach nicht darüber. Wir waren einige Tage befangen und zuvorkommend. Doch bald war es vergessen, und wir rächten uns – ausgeliefert der herrischen, unentrinnbaren Autorität unserer Lehrer – für alle uns angetane Gewalt an jener Lehrerin, die sich als einzige bereit zeigte, uns als kleine, komplizierte und eigenständige Persönlichkeiten zu akzeptieren.

An jenem Tag stürzten die Jungen mitten im Unterricht an die Fenster und schrien: Die Panzer kommen, die Panzer kommen.

Wir hörten das mahlende, klirrende Geräusch der Panzerketten. Dann wurde es still.

Nach dem Unterricht ging keiner nach Hause. Wir wußten alle, unsere Eltern würden uns nicht mehr auf die Straße lassen, obgleich die Sperrstunde erst am Abend begann. Wir rannten zum Marktplatz. Es war nur ein einziger Panzer nach G. gekommen. Er stand mitten auf dem Platz. Das Rohr des Geschützes war mit einem Futteral überzogen und gegen das alte, verwitterte Kriegerdenkmal gerichtet, das wir in diesen Tagen zum ersten Mal zu Gesicht bekamen. Am Vortag hatten Unbekannte das Holzgerüst mit der großen, ausgesägten Friedenstaube und dem Fahnenschmuck zusammengeschlagen, unter dem das alte Monument verborgen war.

Wir standen mit anderen Leuten auf dem Bürgersteig und betrachteten den Panzer. Es tat sich nichts. Die Leute flüsterten nur miteinander. Später ging die obere Panzerklappe auf, und ein junger, russischer Soldat sah heraus. Er schien keine Angst zu haben. Er nickte zu uns herüber. Dann stieg er aus. Ein Polizist trat zu ihm. Der Soldat sagte etwas und gestikulierte. Dann trat er mit dem Stiefel gegen die Panzerkette. Der Polizist nickte und gestikulierte gleichfalls erklärend mit den Händen. Dann trat auch er gegen die Panzerkette. Sie kauerten sich hin und sahen beide unter den Panzer. Offenbar erklärte der Soldat etwas. Dann stieg er wieder ein. Die Klappe wurde geschlossen. Es blieb ruhig, und ich langweilte mich. Wir gingen nach Hause.

Der Panzer blieb nur drei Tage in G. Er verschwand so plötzlich, wie er aufgetaucht war. Die Jungen erzählten, er hätte nachts einen Schuß abgegeben, der gleich vier Häuserwände durchbrochen hätte. Doch die Erwachsenen sagten, das sei Unsinn. Zerstört worden war nur das Holzgerüst mit der ausgesägten Friedenstaube und den Fahnen.

Mein Vater erzählte, daß man die Frau des Schusters abgeholt habe. Sie hatte das Beil gebracht, mit dem unbekannte Männer das Friedensmal zertrümmerten. Auch den Schuster, ihren Mann, brachte man in die Kreisstadt, doch zwei Tage später war er wieder in G.

In der Fabrik, in der Vater als Meister arbeitete, blieb

alles ruhig. Trotzdem war Vater erregt und schrie mit meiner Mutter herum. Ich verstand nichts davon. Vater sagte mir, ich solle in der Schule keine Fragen stellen und nicht darüber diskutieren. Es sei jetzt nicht der Zeitpunkt. Im Unterricht wurde aber ohnehin nicht darüber gesprochen. Keiner der Schüler fragte nach etwas, und die Lehrer sagten gleichfalls nichts. Ich begriff nicht, warum darüber nicht gesprochen werden durfte. Aber da tatsächlich keiner der Erwachsenen über den Panzer sprach, spürte ich, daß auch ein Gespräch etwas Bedrohliches sein konnte. Ich fühlte die Angst der Erwachsenen, miteinander zu reden. Und ich schwieg, damit sie nicht reden mußten. Ich fürchtete, daß nach einem ihnen aufgenötigten, quälenden Gespräch über eins ihrer Tabus mich wiederum sieche, widerliche, geschlechtskranke Leute bis in meine Träume hinein verfolgen würden. Ich lernte zu schweigen.

Nur mit Katharina sprach ich darüber, meiner besten Freundin. Wir unterhielten uns auf den langen Spaziergängen, auf dem Schulweg, an den Nachmittagen. Wir hatten keine Geheimnisse voreinander. Sie war die Tochter eines im Krieg gefallenen Elektrikers. Mit ihrer Mutter und drei älteren Brüdern wohnte sie in einem kleinen Haus vor dem Mühlendamm. Die Mutter und zwei der Brüder arbeiteten in derselben Fabrik wie mein Vater. In G. gab es damals nur eine Fabrik.

Katharina und ich sahen uns täglich, auch nach Schulschluß. Nach den Schularbeiten ging ich zu ihr, um sie abzuholen. Hand in Hand liefen wir stundenlang durch das Städtchen, gingen zusammen ins Kino oder saßen in ihrem Zimmer und fanden dennoch nie genügend Zeit für unsere Gespräche.

Gelegentlich sprachen auch ihre älteren Brüder mit mir. Etwas ironisch und herablassend unterhielten sie sich mit der Freundin ihrer kleinen Schwester, doch immer waren sie höflich und bereit, uns zu helfen. Ich glaube, ich war in alle drei Brüder verliebt. Und so sehr ich ihre Anwesenheit wünschte und ihre Aufmerksamkeit, so sehr quälte mich dann meine Verlegenheit, die mich ihnen gegenüber befangen und einsilbig machte. Um ihre Brüder beneidete ich Katharina heftig.

Katharina und ihre Familie waren gläubig. Auch darüber führten wir unendliche Gespräche. Mich faszinierten die unglaublichen Geschichten der Bibel, ihre eigentümlich schöne Sprache, die mich völlig widerstandslos machte, und die seltsame, mir gleichzeitig ehrfurchtgebietend und komisch erscheinende Kultur ihrer Religion. Zu den Bibelstunden begleitete ich Katharina, und da ich mich in den Wundertaten und der Leidensgeschichte Christi gut auskannte, erhielt ich von der Religionslehrerin häufig farbige Bildchen, die einen Bibeltext illustrierten.

Mit Katharina hatte ich ein Abkommen getroffen. Wir wollten nicht nur stets die gleiche Haarfrisur tragen, auch in der Frage, ob es einen Gott gebe, an den man folglich zu glauben habe, oder ob die Religion tatsächlich eine Erfindung und ein Betrug am Volk sei, wie wir es in der Schule lernten, wollten wir zu einer gemeinsamen, einheitlichen Entscheidung kommen. In dem Sommer, der unserem 14. Geburtstag folgte, würden wir uns, so war es verabredet, zusammen zu einer Antwort entschließen, um dann, an Gott glaubend oder ihn leugnend, durch eine weitere Gemeinsamkeit verbunden zu scin. Wir befürchteten beide den Protest der Familie, wenn sich in jenem Sommer eine von uns zu einer gegensätzlichen Weltanschauung bereit finden wurde, aber davon abgesehen, sahen wir keine Schwierigkeiten. Die Religion wirkte sehr anziehend auf mich, und ich machte mich mit dem Gedanken vertraut, daß ich es sein würde, die ihre Eltern zu überraschen hätte.

Mein Vater war über meinen Besuch der Religionsstunden nicht erfreut, doch nach einem Gespräch mit Mutter entschloß er sich, es als pubertäre Mädchenschwärmerei zu dulden.

Anderthalb Jahre vor jenem Sommer der Entscheidung bat er mich eindringlich, alles zu unterlassen, was mit Kirche oder Religion zu tun habe. Er bat mich auch, meine Freundschaft mit Katharina zu überdenken, da er sich große Sorgen um meinen weiteren Lebensweg mache. Ich verstand ihn nicht, begriff aber, daß er ernstlich beunruhigt war und mir helfen wollte. Trotzdem weigerte ich mich, meine Freundin seltener zu treffen oder sie gar zu verraten.

Von Katharina erfuhr ich, daß Paul, ihr ältester Bruder, im Werk nicht mehr als Brigadier arbeiten dürfe, weil er einer christlichen Jugendgruppe angehöre. Aus dem gleichen Grund sei der Ausbildungsvertrag mit Frieder, dem zweiten Bruder, verändert worden, so daß er nicht in dem erwünschten Beruf würde arbeiten können. Die Brüder erzählten mir, daß im ganzen Landkreis derzeit eine atheistische Kampagne durchgeführt werde. Sie waren verbittert. Besonders empörte sie, daß die Werksleitung bei Katharinas Brüdern und den anderen Betroffenen banale und lächerliche Vorwände suchte, um Maßnahmen zu rechtfertigen, die willkürlich waren und ohne jede rechtliche Grundlage. Katharina weinte, und ich fühlte mich schuldig, weil ich aus einem atheistischen Elternhaus kam.

Wenige Monate später, nachdem der dritte Bruder den Schulbesuch beendet hatte, verschwanden die drei Brüder. Anfangs konnte oder durfte mir Katharina nichts erzählen. Dann hörte ich, daß die drei nach Westdeutschland gegangen seien, und Katharina bestätigte es mir. Die Brüder hatten in Niedersachsen einen Bauernhof gepachtet, den sie zusammen bewirtschafteten.

Meine Eltern baten mich nun häufiger, die Freundschaft mit Katharina zu beenden. Auch in der Schule wurde ich von mir wohlgesonnenen Lehrern versteckt oder sehr direkt darauf hingewiesen, daß diese Freundschaft für mich nicht nützlich sei.

In jenem Schuljahr sollte vom Lehrerkollegium entschieden werden, wer aus unserer Klasse für den Besuch der weiterführenden Oberschule in der Kreisstadt vorgesehen sei. Katharina und ich machten uns beide begründete Hoffnungen. Wir waren seit Jahren die besten Schülerinnen der Klasse.

Im Oktober fiel die Entscheidung. Ein Junge und ich wurden für die Oberschule ausgewählt. Unsere Klassenlehrerin verkündete, daß Katharina die Schule nach Abschluß der achten Klasse verlassen müßte. Die Behörden des Kreises und die Schulleitung seien der Ansicht, es sei nicht gewährleistet, daß sie das Erziehungsziel einer Oberschule unserer Republik erreichen könne.

In diesen Tagen weinten wir beide viel, und ihre Mutter hatte uns unentwegt zu trösten. Sie war es auch, die mich von dem Entschluß, die Oberschule Katharinas wegen nicht zu besuchen, abbrachte. Dem Drängen meiner Eltern und der Lehrer, die Freundschaft mit Katharina zu beenden, wollte ich keinesfalls nachgeben. Wir schworen unter Tränen, uns ewig treu zu bleiben. Und doch waren wir bereits ein halbes Jahr später die erbittertsten Feindinnen.

In der achten Klasse freundete sich Katharina mit dem Sohn des Kantors an, der in Naumburg Kirchenmusik studierte. An den Wochenenden war er in G., und Katharina hatte nun weniger Zeit für mich. Und wenn sie mir auch ausführlich ihre Verabredungen mit dem Kantorssohn und die Gespräche schilderte, ich empfand doch, daß etwas Fremdes zwischen uns getreten war. In meine Liebe zu Katharina mischte sich argwöhnende Eifersucht. Die Belastungen unserer Freundschaft durch meine Eltern und Lehrer, die Entscheidung der Schulbehörde, die mich privilegierte und Katharina ihres Glaubens oder ihrer Brüder wegen benachteiligte, die zunehmende Verbitterung der Mutter meiner Freundin, die ihre Tochter ungerecht behandelt sah und dem Entschluß der Söhne, das Land zu verlassen, um im westlichen Deutschland ihr Glück oder zumindest ihr weiteres Leben zu finden, nun nachträglich zustimmte und ihn offen verteidigte, all dies schwebte unausgesprochen über uns. Immer häufiger trennten wir uns im Streit. Manchmal vergingen Tage, ehe wir uns wieder trafen. Das gegenseitige Mißtrauen in uns wuchs, und selbst die Zurückhaltung in unseren Gesprächen, darum besorgt, den anderen nicht zu verletzen, trennte uns und machte uns einander fremd. Schließlich genügte die dumme, hämische Verleumdung einer Mitschülerin, um unsere Freundschaft zu beenden. Ein Mädchen denunzierte mich bei Katharina, und Katharina glaubte ihr, ohne mit mir zu sprechen. Und ich, obwohl ich die hinterhältige Lüge leicht hätte widerlegen können, tat nichts. Eine Mädchenfreundschaft war zerstört, die schon Wochen oder Monate zuvor zerbröckelte und von ihr und mir nur noch notdürftig dahingeschleppt worden war. Und allein der unversöhnliche Haß zweier unglücklicher Mädchen wies auf die Spuren einer Liebe hin, einer tödlich verletzten Liebe.

Ein paar Wochen später kam der Tag, an dem ich mich zum ersten Mal öffentlich gegen Katharina wandte.

Nach dem Unterricht sollten wir alle im Klassenzimmer bleiben. Es handelte sich um eine erneute Aussprache über unseren Eintritt in den sozialistischen Jugendverband. Katharina war die einzige Schülerin, die sich weigerte, einen Aufnahmeantrag zu stellen. Nur ihretwegen mußten wir länger in der Schule bleiben, und nur ihretwegen wiederholte die Lehrerin die uns bekannten Argumente und Losungen. Wir saßen gelangweilt in den Bänken, ließen, die verlorene Zeit bedauernd, den Wortschwall über uns ergehen und murmelten, von der Lehrerin zur Stellungnahme aufgefordert, gehorsam nach, was sie uns in den Mund legte.

Katharina saß blaß und kerzengerade auf ihrem Platz. Sie war aufgeregt. Der Eintritt in den Jugendverband wurde uns als eine Entscheidung für den Weltfrieden dargestellt, und Katharina hatte den massiven Schlußfolgerungen der Lehrerin so wenig entgegenzusetzen. Sie beteuerte, gleichfalls für den Frieden zu sein, doch die logisch wirkenden Verknüpfungen der Lehrerin, die Weigerung, in den Jugendverband einzutreten, sei gleichbedeutend mit Kriegshetze, knüppelten Katharina nieder und machten sie stumm.

Wir anderen hörten uninteressiert und mürrisch den bekannten Phrasen zu und warteten nur darauf, endlich gehen zu können. Katharinas Weigerung kostete uns Freizeit, ihre Hartnäckigkeit erschien uns aussichtslos und unkameradschaftlich. Wir wollten nach Hause und mußten zum wiederholten Male ihretwegen länger in der Schule bleiben.

An jenem Tag meldete ich mich, wobei ich mich nach Katharina umwandte. Dann stand ich auf und belustigte mich über die christlich-abergläubischen Ansichten einer gewissen Mitschülerin. Es war eine dumme, witzlose Bemerkung, aber die Lehrerin und die Mitschüler lachten. Katharina wurde flammend rot. Befriedigt über den Erfolg meiner Bemerkung setzte ich mich. Plötzlich stand Katharina auf, kam zu meiner Bank und gab mir unerwartet eine Ohrfeige. Instinktiv trat ich mit dem Fuß gegen ihr Schienbein. Wir schrien beide vor Schmerz auf und heulten, und beide bekamen wir einen Tadel in das Klassenbuch. Es war unsere letzte Gemeinsamkeit, denn auch die Frisuren trugen wir längst verschieden.

In jenem Sommer, in dem wir die Gretchenfrage unseres Glaubens gemeinsam und einmütig entscheiden wollten, zog Katharina mit ihrer Mutter zu den Brüdern nach Niedersachsen. Ich war erleichtert, als ich es hörte, und fast mit Stolz erzählte ich meinem Vater, daß Katharina die Republik verraten habe.

In jenem Sommer kauften mir meine Eltern eine rotlederne Aktentasche. Ich wollte nicht mit einem Ranzen auf dem Rücken in der Oberschule der Kreisstadt erscheinen.

Und jetzt saß ich in einem Zimmer des einzigen Hotels in G. und trank Bier. Und auf den abgetretenen, ausgefaserten Läufer vor dem Sessel goß ich einen Schluß des viel zu kalten, gelblichen Getränks. Eine Libation für ein Mädchen, das ich so rückhaltlos geliebt hatte, wie ich nie wieder einen Menschen sollte lieben können.

Ein Jahr nach Katharinas Wegzug verließen auch meine Eltern mit mir und meiner Schwester die Stadt. Die tägliche Eisenbahnfahrt zur Kreisstadt war für mich zu anstrengend geworden, und zudem hatte Vater ein günstiges Angebot einer Maschinenfabrik in Magdeburg erhalten.

Erst zwei Jahre später erfuhr ich von meiner Mutter, daß es für unseren überraschenden Umzug noch einen anderen Grund gegeben hatte. Onkel Gerhard, der Cousin meines Vaters, der gleichfalls in G. wohnte und uns häufig besuchte, war einen Monat vor unserem Umzug verhaftet worden. Im Dezember, wir wohnten bereits vier Monate in Magdeburg, wurde er zu fünf Jahren Zuchthaus verurteilt. In der Gerichtsverhandlung mußte Vater als Zeuge auftreten.

Onkel Gerhard war sehr viel älter als Vater. Er lebte

allein in einer mit altem Hausrat und Möbeln überfüllten Wohnung. Seine Frau starb bald nach dem Krieg. Es hieß, sie habe Selbstmord begangen. Mutter sagte mir nur, sie sei tragisch geendet, und wenn ich weiter fragte, so erwiderte sie, daß damals Krieg gewesen und viel Schlimmes passiert sei.

Onkel Gerhard war Rentner. Am Vormittag arbeitete er auf der Post. Er saß hinter einem Schalter und verkaufte Briefmarken und Zeitschriften. Bevor ich in die Schule ging, besuchte ich ihn fast jeden Nachmittag. Wir spielten Karten, und er sang mit mir alte Küchenlieder, wobei er uns auf einem Schifferklavier begleitete. Er kannte viele Scherzfragen und liebte es, mich zu necken. Wenn er mit dem Finger auf mich zeigte und kichernd einen Spottvers sang, war ich den Tränen nahe. Besonders fürchterlich empfand ich als Fünf- oder Sechsjährige die Drohung, eine alte Jungfer zu werden, was Onkel Gerhard immer wieder amüsierte. Da steht sie nun und hat kein Mann und ärgert sich zu Tode, ein andermal paß besser auf und mach es nach der Mode. Der Onkel gab mir Süßigkeiten, und ich beruhigte mich schnell. Später ging ich seltener zu ihm, aber unser Verhältnis blieb immer herzlich. Als ich zwölf Jahre alt wurde, übergab er mir sein Testament, das mich zum alleinigen Erben einsetzte.

Er war für mich wie ein Großvater, und ich glaube, auch er betrachtete mich als sein Ziehkind oder Enkel. Zu meinen Geburtstagen schenkte er mir stets einen Geldschein, worüber meine Eltern sich nicht gerade freuten und mit ihm zankten, was unser Einverständnis nur vertiefte. Als er verurteilt wurde, war er zweiundsiebzig Jahre alt. Er hatte den Nazis geholfen, die Mitglieder der sozialdemokratischen und kommunistischen Partei in G. ausfindig zu machen, obgleich er selbst seit seinem siebzehnten Lebensjahr Sozialdemokrat gewesen war. Warum er es getan hatte, konnte auch bei der Gerichtsverhandlung nicht geklärt werden.

Das Gericht sprach von einer Mitschuld an der Ermordung von vier Menschen. Mein Vater, dem der Onkel sechs Jahre nach Kriegsende davon erzählt hatte, erklärte bei der Verhandlung, er habe Onkel Gerhard nicht angezeigt, da er sein Cousin sei und überdies ein alter Mann. Der Richter sprach meinem Vater eine Mißbilligung aus.

Ich weiß nicht, was meinen Onkel zu einem solchen Verrat bewogen hat. Er war ein heiterer, gütiger Mann, der zu Tränen neigte, und ich glaube, daß ihn die Nazis schnell einschüchtern konnten und er aus Furcht die Genossen verriet.

Damals brach für mich eine Welt zusammen. Mein Entsetzen über die faschistischen Schrecken, meine Tränen beim Lesen des Tagebuches der Jüdin Anne Frank erschienen mir nun verlogen und geheuchelt. Ich meinte, das Recht verloren zu haben, mich über die Greuel zu empören oder mitleidig zu sein. Anfangs hatte ich das Bedürfnis, mich zu säubern, mich öffentlich schuldig zu sprechen. In meinen Schulaufsätzen schrieb ich, daß ich die Nichte eines Naziverbrechers sei und die Opfer nicht noch durch mein Mitgefühl verhöhnen dürfe. Die Lehrer und meine Eltern waren hilflos. Meine Selbstvorwürfe und Anklagen wurden schweigend übergangen. In der zwölften Klasse sagte mir eine Mitschülerin, daß sie mein Benehmen für affektiert halte. Sie sagte, ich solle mich nicht so wichtig machen, ich wirke lächerlich und überspannt. Ich widersprach ihr heftig. Doch seit dem Tag schwieg ich darüber. Daheim erwähnte keiner den Onkel, ich auch nicht mehr. Wurde über den Faschismus gesprochen, hielt ich mich zurück und blieb einsilbig. Ich begriff, daß ich ein Ärgernis war, unlösbar, unaufhebbar, erklärungslos. Und ich begann zu schweigen, um nicht andere zu belästigen.

Onkel Gerhard starb im dritten Jahr seiner Haft. Die Erbschaft wurde von Vater ausgeschlagen und zugunsten der Stadt G. versteigert.

Das Zimmer wurde unwirtlicher, je länger ich in dem Sessel saß. Die Tapete war angegraut. Ich fürchtete, wenn ich sie länger ansähe, würden kleine Tierchen hinter ihr hervorkriechen. Ich zog mich aus. Als ich zum Bett ging, trat ich mit dem Fuß in etwas Kaltes, Nasses. Das verschüttete Bier. Es war mir so unangenehm, daß ich zum Waschbecken ging und den Fuß lange unter das laufende, lauwarme Wasser hielt. Nein, mit dieser Stadt hatte ich nichts zu tun. Die Fahrt nach G. erschien mir als ein unbedachter, dummer Einfall.

Am nächsten Morgen, beim Frühstück – die Brötchen waren vom Vortag, der Kaffee schmeckte nach Zichorie, und wie zum Hohn kam der Geschäftsführer zweimal an unseren Tisch und fragte, ob alles zu unserer Zufriedenheit sei, und da er eine Arm- oder Handprothese trug, wir sahen nur die steifen, schwarz behandschuhten Finger, versicherten wir beide, es sei alles wunderbar – am Morgen sagte ich zu Henry, daß wir sofort abfahren könnten. Ich fügte hinzu, daß ich unausgeschlafen und nervös sei und er mich bitte mit irgendwelchen glänzenden, ironischen Bemerkungen verschonen möchte. Ich sagte es freundlich, um ihn nicht zu kränken, und ich glaube, er verstand mich.

Wir bezahlten die Hotelzimmer und fuhren los. Da wir den Tag frei hatten, beschlossen wir, in Wörlitz zu halten. Es war ein sonniger, warmer Herbsttag. Durch den großen Park liefen Reisegesellschaften. Wie Vogelschwärme fielen sie plötzlich irgendwo ein, laut und flatternd, und ebenso plötzlich verschwanden sie auch.

Sonst war es still. Am Nachmittag regnete es, hellte aber bald wieder auf, und mit der Sonne kamen Scharen von Besuchern. Wir spazierten vom Palmengarten zu den Grotten und gingen weiter bis zu den Elbwiesen. Hier waren wir allein. Wir legten uns in den Mänteln aufs Gras und sonnten uns. Ich fragte Henry, woran er sich erinnere, wenn er an seine Kindheit denke. Er erwiderte, er denke nie daran.

Manchmal, sagte ich, manchmal aber überfällt uns unsere eigene Vergangenheit wie ein unerwünschter Schatten. Wir können sie nicht aus unserem späteren Leben heraushalten.

Ich lasse es nicht zu, erwiderte er.

Und warum? fragte ich ihn.

Er beugte sich über mich und sah mir in die Augen.

Weil es zwecklos ist, sagte er dann, weil es uns unfähig macht zu leben. Und ich brauche es nicht, fügte er hinzu, ich habe da keine Schwierigkeiten mit mir.

Das kann ich nicht glauben, sagte ich.

Er lachte laut auf und küßte mich und sagte, ich solle

von ihm denken, was ich wolle. Er sei es gewöhnt, daß die Frauen bei ihm nach einem tieferen Sinn forschen. Ihm sei es gleichgültig.

Dann liefen wir an der Elbe entlang. Als es dunkel wurde, kehrten wir um. Noch bevor wir unser Auto fanden, war es Nacht. Eine finstere, sternenlose Nacht, von keinem künstlichen Licht aufgehellt. Nicht gewöhnt an eine solche Dunkelheit, stolperten wir mehrmals, ehe wir das Auto wiederfanden.

Wir fuhren in die Stadt, um Abendbrot zu essen. Die einzige geöffnete Gaststätte war überfüllt. Wir liefen zum Bahnhof und aßen in einem grauen Mitropa-Saal Salat und Käse. Es roch aufdringlich nach Bier und kaltem Zigarettenrauch. Gegen zehn Uhr starteten wir nach Berlin.

An der Autobahnauffahrt wären wir fast mit einem entgegenkommenden Wagen zusammengestoßen. Henry fuhr schnell, und der andere Wagen kam plötzlich aus der Kurve geschossen. Wir waren auf der Gegenspur. Die Scheinwerfer des anderen Wagens sah ich direkt auf mich zukommen. Ich schrie auf. Das andere Auto hupte laut und durchdringend. Ich griff ins Steuer, um den Wagen zur Seite zu lenken. Das andere Fahrzeug bremste und drehte sich. Henry schlug mir mit dem Handrücken ins Gesicht. Dann sauste unser Wagen an dem anderen vorbei. Ich drehte mich um und sah, daß der Fahrer die Tür öffnete und ausstieg, dabei noch immer mit einer Hand auf die Hupe drückend. Dann verschwanden das Auto und der Mann, und wir jagten auf einer schnell unter uns weggleitenden Betonrinne dahin, die unsere Scheinwerfer aus der Finsternis gruben.

Keiner von uns sagte etwas. Ich hatte instinktiv oder aus Angst ins Lenkrad gegriffen. Ich wußte, daß Henry mit dem Wagen noch rechtzeitig ausweichen würde. Es war alles schnell gegangen, zu schnell, als daß ich überlegen konnte. Und ich wußte, daß Henry mich nicht unabsichtlich geschlagen hatte. Es war keine mechanische, ihn selbst überraschende Abwehrreaktion gewesen.

Wir saßen im Auto, sahen in die Dunkelheit vor uns, die die Autoscheinwerfer nur schwach zurückdrängten, und schwiegen. Es war mir lieb, daß Henry sich nicht entschuldigte oder Erklärungen abgab. Ich wußte, daß er nicht zu den Männern gehört, die ihre Frauen oder Freundinnen schlagen, aber ich weiß auch, daß irgendwann, in irgendeiner besonders komplizierten und nervösen Situation jeder Mann schlagen wird. Sie werden sich gegenüber anderen Männern zurückhalten können, aber nicht gegen Frauen und Kinder. Es ist nicht unsere Hilflosigkeit, die sie dazu bringt, nicht die Demonstration der Macht des Stärkeren vor dem Wehrloseren. Das würde nicht die Disziplin ihrem eigenen Geschlecht gegenüber erklären. Ich habe von Männern gekränkte Männer gesehen. Von Worten tödlich verletzt sitzen sie lächelnd auf ihren Stühlen. Sie ringen um Fassung, sie werden laut oder noch leiser, sie bleiben höflich oder werden unverschämt. Aber sie schlagen nicht. Sie sind sich ebenbürtig, sie schlagen sich nicht mit jener abfälligen, fast nebensächlichen Handbewegung, wie man ein Tier straft oder antreibt. Auch wenn ihre Auseinandersetzung körperlich wird, sie verlassen nicht die Fairneß der Gleichrangigen. Man schlägt erst, wenn der andere schlagbereit ist. Zeremonielles Aufstellen. Duell mit verinnerlichten Sekundanten. Souveräne im ehrenvollen Kampf.

Nach der Frau schlägt man wie nach dem Hund, beiläufig, nebenher. Notwendige Erziehungsmaßnahme zum Nutzen des Geschlagenen. Die Umarmung kann dem Schlag unmittelbar folgen. Schließlich, man haßt nicht, man rückt nur etwas zurecht.

Es ist ein über die Jahrhunderte anerzogenes, fast schon angeborenes Gefühl einer Überlegenheit, das Männer dazu bringt, eine Frau zu schlagen. Irgendwann gibt es für den kultiviertesten, aufgeschlossensten Mann einen Moment, in dem er diesem Trieb seiner Überlegenheit nachgibt. Sie sind dann selbst erschrocken. Erstaunt über ihre Handlung, die so wenig mit ihren „eigentlichen" Haltungen übereinstimmt. Gewöhnlich entschuldigen sie sich sofort, sind über sich vergrämt, betreiben Selbstanalyse, die ihnen irgendeine ausreichende Erklärung beschert. Hinner entschuldigte sich einmal mit den Worten, er habe sich gehenlassen, und er war wütend auf mich, weil ich darüber lachte. Er hatte aber recht, es ist ein Sichgehenlassen. Das gezähmte Raubtier, das irgendwann einmal, unerwartet und für alle unerklärlich, sein Geliebtes zerfleischt. Sie fühlen sich zumindest unbewußt uns überlegen, und ihr Zuschlagen, sosehr es sie auch selber erschreckt, ist erzieherisch, ein Akt göttlicher Pädagogik. Intellektuell sind sie fähig und bereit, die Frau als ebenbürtig, gleichrangig anzusehen. In ihren tieferen Schichten beherrscht sie uneingestanden ihr männliches Selbstwertgefühl, ein Mischmasch aus Verklemmungen und Hochmut.

Bei meiner Freundin Charlotte traf ich Michael, ihren Mann, einmal in tiefster Verzweiflung an. Er, der herzensgute, alles erlaubende und verstehende Vater, hatte sein Kind geschlagen. Er, der keiner Fliege etwas zuleide tun konnte. Er war fürchterlich entsetzt über sich, beschimpfte sich in meiner Anwesenheit, holte immer wieder das geschlagene Kind auf seinen Schoß, küßte und streichelte es und bat mit den albernsten Worten um Verzeihung. Mir war die Szene widerlich. Seine Trauer über die Tat schien ehrlich, aber das, worum er da barmte, war sein mit einer Ohrfeige zerstörtes Selbstwertgefühl. Er selbst hatte seine ihm so wertvolle Kultur zerschlagen und jammerte über den Anblick des sich entlarvenden Barbaren. Mit verzweifelten Reden und mit Streicheln verlangte er von dem Kind, daß dies ihm seine Kultur, seine ihm so wichtige zivilisierte Persönlichkeit zurückgab, auf daß er den Barbaren als nicht zu ihm gehörig wieder tief in die dunklen Schichten, die Verliese unserer Menschlichkeit, vergraben konnte. Armselige, lächerliche Männer.

Henry schwieg. Wir fuhren wortlos nach Berlin, und es war gut so.

Vor meiner Wohnungstür verabschiedeten wir uns. Er lächelte blaß und verlegen. Ich wünschte ihm unbefangen gute Nacht.

Ich würde die Ohrfeige nicht vergessen, sie ihm nicht verzeihen. Aber ich wußte auch, daß ich nicht weiter darüber nachdenken würde. Ich war jetzt neununddreißig. Es wäre lächerlich von mir, über einen fast belanglosen Vorfall Erstaunen zu zeigen. Wenn der Regen fällt, werden wir naß, ich bin kein kleines Mädchen mehr, damit muß ich mich abgefunden haben. Es läuft alles in seiner gewohnten Ordnung, alles normal. Kein Anlaß für einen Schrei. Nur nicht hysterisch werden. Ich will bleiben, was ich bin, eine nette, sehr normale Frau. Es ist nichts geschehen.

Die Luft in meinem Zimmer war stickig. Ich öffnete das Fenster, bevor ich mich in den Sessel fallen ließ.

10

Im November war ich zwei Wochen krank. Der Rücken machte mir zu schaffen, die Zwischenwirbelscheiben. Es war nichts Bedeutungsvolles, nur schmerzhaft. Gymnastik, Galvanische Durchflutungen, Unterwassermassagen halfen wenig. Jedenfalls spürte ich keine Erleichterung. Eine Allerweltskrankheit. Die Knochen lösen sich auf, die Knorpel zerfallen, ein degenerierter Staub. Ein entwicklungsgeschichtlicher Kreislauf, zurück zu den Lurchen, Wassertieren, zur Uramöbe. Notdürftig wird die rückläufige Entwicklung der menschlichen Natur noch bemäntelt, die längst unbrauchbar gewordenen Organe durch fabelhafte Erfindungen ersetzt. Auto und Rolltreppe, Herzschrittmacher und künstliche Lunge, Goldzähne, Kunststoffglieder, Silberplatten als stabilerer Knochenersatz. Eine perfektionierte Natur. Das Überleben der Menschheit als eine Frage der Ersatzteile. Der Fortschritt ist abhängig vom tadellosen Funktionieren der rückwärtigen Dienste. Die Fortpflanzung wird durch Gegenpoligkeit männlicher und weiblicher Ersatzteile gewährleistet: der Rest ist Magnetismus.

Bevor ich meine Tage bekam, ließ ich mich krankschreiben. Ich hätte es sonst nicht durchgehalten.

Ich ging viel spazieren, und jeden Vormittag schwamm ich eine Stunde in der Schwimmhalle. Nach dem Frühstück hörte ich mir Platten an, eine beruhigende Einführung in den Tag. Ich versuchte, einen Goldschmied aufzutreiben, der mir ein Halskettchen repariert. Überall wurde ich vertröstet. Reparaturen sind zu aufwendig. Zweimal holte ich Henry von der Arbeit ab. Das erste Mal war er überrascht, ich hatte ihn zuvor nie abgeholt.

Er kam mit einem Kollegen aus dem Bürohaus. Zu dritt gingen wir in ein Café an der Spree. Herr Krämer,

Henrys Kollege, war sehr amüsant. Er erzählte unglaubliche Geschichten aus seinem Betrieb und lachte selbst laut und herzlich darüber. Ich merkte, ich gefiel ihm. Wenn ich sprach, wurde er ruhig und musterte mich nachdrücklich. Später versuchte er, vorsichtig zu erkunden, welches Verhältnis Henry und ich hatten. Jedenfalls faßte ich seine Einladung, mit ihm zusammen Silvester zu feiern, so auf. Henry blieb reserviert. Ich wußte nicht, ob es ihm unangenehm war, von einem Kollegen mit „seinem Verhältnis" gesehen zu werden. Als wir das Café verließen, faßte er nach meiner Hand, ein erstes, wohl bewußt für den Kollegen gesetztes Zeichen unserer Gemeinsamkeit. Der Kollege bemerkte es zufrieden lächelnd. Als wir uns verabschiedeten, kam der anerkennende Blick von Mann zu Mann: stumme Gratulation zu Henrys Wahl. Der Kennerblick des Feinschmeckers, Sektexperten, Pferdeliebhabers. Henry kratzte sich am Hals: er war also beschäftigt, er mußte darauf nicht reagieren. Für Silvester waren wir verabredet. Ich hatte zugestimmt, obwohl ich wußte, daß ich gar nicht in Berlin sein würde. Herr Krämer würde es verkraften.

Wir liefen durch die Stadt und sahen uns Schaufenster an. Henry wirkte nervös. Der Wind wirbelte Straßenstaub auf und weggeworfene Zeitungen. An einer Plakatsäule fragte ich Henry, ob er Lust hätte, ins Theater zu gehen.

Wir fanden nichts, was uns interessierte. Ich schlug ihm vor, irgendwo zu essen, doch er sagte, er habe keine Zeit. Er müsse noch heute nach Dresden fahren, seine Frau erwarte ihn. Er habe es mir vorher nicht sagen wollen. Der ältere Sohn mache in der Schule Schwierigkeiten, und seine Frau habe ihn gebeten zu kommen. Ich sagte, er solle gleich zu ihr fahren, er hätte es mir sofort sagen sollen. Er nickte. Ich begleitete ihn bis zur U-Bahn. Unvermittelt beklagte er sich über seine Frau. Er sprach sonst nie über sie. Er erzählte, sie rufe ihn häufig an, verlange, daß er bei ihr und den Kindern erscheine, wobei sie immer irgendwelche Katastrophen melde. Mit ihrem Freund scheine es nicht mehr zu klappen. Sie verlange, daß er jedes Wochenende in Dresden sei. Erbittert sagte er: Und nach zehn Minuten streiten wir uns.

Vor dem U-Bahn-Schacht schob er seinen Hut ins Genick und stieß mit dem Fuß kräftig gegen etwas Imaginäres. Als wir uns verabschiedeten, sah ich, daß an seinem Hemd ein Knopf fehlte. Ich fragte mich, warum mir das auffiel. Ich ging in meine Wohnung, machte mir Abendbrot und aß vor dem Fernseher. Danach ging ich ins Bett. Jetzt, wo ich krank war, hatte ich ein großes Schlafbedürfnis.

In der zweiten Woche besuchte mich mein Chef. Er kam zum ersten Mal zu mir. Ich hatte nie gehört, daß er jemals einen Kollegen besucht habe. Als ich die Tür öffnete und ihn sah, starrte ich ihn wohl sehr verwundert an. Er wurde verlegen und überreichte mir stumm einen in Papier gewickelten Blumenstrauß. Dann nahm er ihn mir aus der Hand, wickelte ihn hastig aus und gab mir die Nelken nochmals. Seine Selbstsicherheit gewann er allmählich zurück. Mein Zimmer fand er entsetzlich und sagte, er wolle dafür sorgen, daß ich eine richtige Wohnung bekäme. Ich sagte, ich sei zufrieden mit dem einen Zimmer, ich benötige nichts anderes. Wir tranken Kaffee, und er machte freundliche, belanglose Bemerkungen. Ich wußte nicht, weshalb er gekommen war. Ich wartete darauf, daß er irgendwann den Grund für seinen Besuch nennen würde.

Er betrachtete meine Bücher und stellte enttäuscht fest, daß ich fast nur Belletristik besaß. Ob ich denn gar keine Fachliteratur läse, wollte er wissen. Ich schüttelte den Kopf. Gelegentlich habe ich zwar den Wunsch, kaufe mir sporadisch auch Fachzeitschriften oder ein empfohlenes Buch mit neueren Forschungsergebnissen. Aber dann habe ich meist doch keine Kraft, es zu lesen. Ich hätte seit Jahren nicht das geringste Bedürfnis danach. Manchmal komme in mir eine Art moralisches Interesse hoch, mich mit neuen Publikationen zu beschäftigen. Aber das sei lediglich ein überkommener Impuls, eine Erinnerung an frühere Haltungen und bald vorbei. Ich wüßte auch nicht, wozu ich es gebrauchen könne. Es wäre nur etwas „Forscherhaltung", die eingeimpften humanistischen Vorbilder aus längst vergangenen Jahrhunderten. Für meine Arbeit in der Klinik reiche vollständig aus, was ich an der Uni gelernt hätte und was wir im Kollegenkreis oder bei den regelmäßigen Lehrgängen diskutierten. Er entgegnete, er könne eine solche Haltung nicht verstehen, und ich erwiderte ihm, daß ich ihn begreife. Manchmal würde ich es selbst nicht verstehen.

Sie haben keine Disziplin, sagte er, Ihre ganze Generation besitzt keine Disziplin.

Er nestelte nervös an seinem Hemdkragen. Dann sprang er auf und rief: Wissen Sie, daß ich in den letzten fünfzehn Jahren nicht einen einzigen Tag krank gewesen bin, nicht einen einzigen Tag. Gesundheit, meine Liebe, ist für mich eine Frage von Disziplin. Und das sage ich Ihnen als Arzt.

Die blau gemusterte, breite Fliege an seinem Hals war verrutscht. Ich sagte ihm, daß ich seine Meinung teile und von ihm gern erfahren würde, wie ich zu dieser großartigen Disziplin kommen könne. Ich würde es selbst bedauern, so viel weniger Disziplin als er zu besitzen, aber so lange er sie mir nicht als Spritze oder wie ein Multivitaminpräparat verschreiben könne, sähe ich für mich keine Möglichkeit. Er sah mich mitleidig an und sagte: Sie werden es schwer haben. Es wird Ihrer ganzen Generation schwer werden zu altern.

Das sei schon möglich, erwiderte ich, aber ich wüßte nicht, was dagegen zu tun sei.

Sie müssen Disziplin trainieren, mein Kind, sagte er. Ich hielt ihm vor, daß es dann lediglich eine Illusion wäre, die bald zusammenbrechen würde. Doch er wiederholte mehrmals, daß ich sie trainieren sollte.

Er war mit mir unzufrieden, aber es störte mich nicht. Er war ein alter Mann, dem ich das Recht zugestand, mir so etwas zu sagen. Vielleicht, weil er mir nicht unsympathisch war. Außerdem interessierte es mich nicht weiter.

Er unternahm dann den Versuch, mit mir zu plaudern, was ihm mißlang. Er war wohl zu sehr Pädagoge, als daß er jetzt noch ein lockeres Gespräch hätte führen können. Als er ging, fragte ich ihn, ob er nicht mit einer bestimmten Absicht zu mir gekommen sei, einem Auftrag, einem Anliegen. Er fragte, ob ich ihn denn so einschätze, und ich sagte sofort: Ja.

Vielleicht haben Sie nicht unrecht, aber diesmal bin ich einfach so gekommen, sagte er lächelnd. Und dann fügte er hinzu: Lassen Sie sich mal bei uns sehen, Sie wissen doch, meine Frau –

Ich sagte, daß ich wisse und bald bei ihm vorbeikommen würde.

Es blieb mir rätselhaft, weshalb er gekommen war. Er war ein lieber, alter Mann, etwas kauzig, etwas förmlich, aber ein guter Chef. Ich glaube, er ist so etwas wie ein Kavalier der alten Schule, mit heimlichen Stelldicheins, kleinen, wohlüberlegten Überraschungen, einem immer korrekten Anzug und dem passenden Rasierwasser. Die Nelken für mich hat er sicher selbst ausgesucht.

Während ich das Geschirr abwusch, erinnerte ich mich, daß meine Kollegen auch völlig andere Geschichten über den Alten erzählen. Vielleicht war es Mißgunst, oder auch er hatte eine zweite, gänzlich andere Natur. Und vielleicht war sein Besuch bei mir etwas wie ein waghalsiger Ausbruch aus seiner Disziplin.

Einen Tag bevor ich wieder zum Dienst ging, rief Mutter an. Ich räumte eben die Küche um, das heißt, ich stellte ein paar Sachen woanders hin, ohne daß ich dadurch viel Platz gewann. Sie hatte in der Klinik erfahren, daß ich krank sei. Sie wollte wissen, was ich habe und warum ich mich nicht melde. Ich sagte ihr, es sei alles in Ordnung. Ich versprach, Weihnachten zu kommen. Sie fragte, ob ich allein käme, und da ich nicht antwortete, meinte sie, wenn ich einen Bekannten mitbrächte, ginge das natürlich auch. Ich erkundigte mich nach Vater, und dann verabschiedeten wir uns. Sie sagte auf Wiedersehen und fragte, ob noch etwas sei, und sie sagte nochmals auf Wiedersehen. Danach bestellte sie noch Grüße von Vater, und wir verabschiedeten uns zum drittenmal.

Am Abend ging ich mit Henry zu Bekannten. Ich glaube, sie hatten mit Henry zusammen studiert. Es war ermüdend, und wir langweilten uns alle. Wir hatten uns nichts zu sagen und sprachen über Fernsehsendungen. Ich sagte bald, daß ich gehen müsse. Als ich aufstand, wollte Henry mich begleiten. Seine Bekannten protestierten, und ich sagte, daß ich allein gehen werde. Henry setzte sich wieder hin. Am nächsten Tag rief er in der Klinik an und erzählte, daß es noch sehr unangenehm geworden wäre. Seine Bekannten wären ausfallend geworden, weil ich gleich wieder gegangen sei und sie sich so viel Mühe mit den Vorbereitungen gegeben hätten.

In der zweiten Dezemberwoche rief mich Michael an, Charlottes Mann. Er fragte, ob er vorbeikommen könne. Er wirkte aufgeregt am Telefon. Ich sagte, daß ich ihn erwarte. Als er kam, erzählte er, daß man seinen Vater ins Pflegeheim gebracht habe. Sein Vater hätte nie ins Pflegeheim gewollt. Während er, Michael, auf einer Dienstreise war, hätten seine Nachbarn veranlaßt, daß man den alten Mann fortbrachte. Sie wollten in seine Wohnung einziehen. Michael hoffte, daß ich ihm behilflich sein könnte, den Vater herauszuholen. Er nannte mir den Namen des Arztes, der die Einweisung ausgeschrieben hatte. Ich rief den Kollegen an, er war mir nur namentlich bekannt. Ich sprach lange mit ihm. Es wäre bei Michaels Vater eine sogenannte Kälteeinweisung gewesen, der Arzt erinnerte sich. Sie wären mittags in die Wohnung gegangen, um den angezeigten Fall zu prüfen. Der alte Mann hätte im Bett gelegen, die Zimmer seien ungeheizt und nicht aufgeräumt gewesen. Auch schien es, als habe der Alte in den letzten Tagen nichts Warmes gegessen. Alles hätte eindeutig für eine Kälteeinweisung ins Pflegeheim gesprochen, und er, der Kollege, hätte sie auch sofort ausgestellt.

Ich fragte ihn, ob Michaels Vater damit einverstanden gewesen sei. Jedes Wort einzeln betonend sagte er, daß die Einwilligung eines in solchem Grade vernachlässigten Menschen für eine Einweisung in eine Pflegestätte nicht notwendig sei.

Michael saß neben mir und hörte mit. Er flüsterte mir zu, daß ich sagen solle, die Nachbarn wären auf die Wohnung scharf gewesen und hätten seine Abwesenheit benutzt, um den alten Mann abzuschieben. Ich sprach auch darüber mit dem Sozialarzt. Er sagte, daß er dies für möglich halte, es sei auch schon vorgekommen. Einige der eingereichten Anträge wären sogar anonym oder unter falschem Namen gestellt worden, und die Behörde würde daher jeden Fall sehr genau prüfen. Im übrigen sei es lediglich eine Kälteeinweisung. Im Frühjahr würde der Mann entlassen werden, seine Wohnung behielte er ohnehin.

Dann wollte er Michael sprechen, und ich gab ihm den Hörer. Er forderte Michael auf, seinen Vater sofort aus dem Heim zu holen und bei sich aufzunehmen. Michael machte Einwände, aber er war unentschlossen. Schließlich sagte er zu. Er würde seinen Vater in der eigenen Wohnung aufnehmen oder täglich zu ihm gehen, um ihn zu versorgen. Michael und mein Kollege verabredeten einen Termin.

Nach dem Gespräch wirkte Michael erleichtert. Ich hoffte, er würde seinen Entschluß nicht bereuen. Ich weiß nicht, ob ich meine Mutter oder meinen Vater bei mir aufnehmen würde. Es wäre anstrengend für mich und, da ich oft Nachtbereitschaft habe, kompliziert.

Nachdem er gegangen war, rief ich meine Eltern an. Als sich mein Vater am Telefon meldete, wußte ich nicht, was ich ihm sagen sollte. Ich rief ihn nur an, weil mich Michaels Anhänglichkeit an seinen Vater verwirrt hatte, doch ich konnte meinem Vater ja nicht sagen, daß ich ihn nur deshalb anrufe, weil andere Leute ihre Eltern lieben.

Ich sagte, daß ich mich nur nach ihm erkundigen wollte. Es ging ihm gut, er sagte das jedenfalls. Es gab bei ihm nichts Neues, es gab bei mir nichts Neues. Wir legten die Telefonhörer bald auf.

Mitte Dezember wurde es kalt und begann zu schneien. Der Schnee blieb nicht liegen, die Straßen waren dreckig und glitschig. Tagsüber wurde es nicht mehr richtig hell. Der Himmel war wie angegraute Watte, mein Zimmer ständig zu warm. Es half wenig, die Heizkörper abzudrehen. Ein günstiges Klima für Kakerlaken. Wenn ich unter die Dusche ging, musterte ich sorgfältig alle Ecken und möglichen Verstecke. Vor drei Jahren waren in unserem Haus Kakerlaken gewesen. Sie hatten sich mit einer unvorstellbaren Geschwindigkeit über alle Stockwerke verbreitet. Sie wurden mit Gas getötet. Seitdem habe ich keine mehr gesehen, fürchte aber, daß sie irgendwann wieder hervorkriechen.

Von Mutter kam ein Päckchen mit einer selbstgebakkenen Stolle. Sie schickt sie mir jedes Jahr um diese Zeit.

Auf dem beigelegten Brief, er war durchfettet, und die Tinte war verlaufen, schrieb sie, daß sie sich auf meinen Besuch freue und daß auch meine Schwester zu Weihnachten kommen werde. Vater habe wieder Schwierigkeiten mit der Lunge und sie mit dem Bein, und was ich mir denn wünschen würde. Sie hatte es auf eine Schulheftseite geschrieben. Sie schrieb stets auf die herausgerissenen Seiten eines Schulheftes. Sie hatte es sich angewöhnt, als meine Schwester und ich zur Schule gingen, aber das war vor dreißig Jahren. Weshalb kaufte sie immer noch Schulhefte, aus denen sie dann die Seiten für ihre kurzen, unbeholfenen Briefe und für ihre Notizen herausriß?

Am Sonnabend vor Weihnachten weckte mich Vogelgezwitscher. Ich wurde nur schwer wach. Es dauerte lange, bis ich begriff, daß es Vögel waren, die den Krach machten. Es kam mir unwirklich vor. In der Umgebung unseres Hauses leben keine Vögel. Ich lag im Bett, ohne die Augen zu öffnen, und dachte träge darüber nach. Als mir endlich einfiel, daß es Frau Rupprechts Vögel sein mußten, war ich erleichtert. Im gleichen Moment aber dachte ich daran, daß ich sie noch nie so laut und deutlich vernommen hatte. Vor Schreck war ich hellwach. Ich wußte nicht warum, doch ich hatte das Gefühl, daß etwas geschehen war. Ich stand schnell auf und duschte mich. Ich zog mich an und ging zu Frau Rupprecht hinüber. Ich klingelte. Nur die Vögel waren zu hören. Ich klingelte immer wieder und klopfte gegen die Tür. Ich hörte, wie sich hinter mir Türen öffneten. Eine Frau fragte, was denn passiert sei. Ich antwortete irgend etwas. Dann ging ich in meine Wohnung zurück. Ich versuchte, eine innere Unruhe zu bekämpfen. Das Vogelgezwitscher hielt an. Mir schien, daß es lauter wurde. Irgend etwas ist geschehen, dieser Gedanke wiederholte sich ermüdend in meinem Kopf, wie ein Mühlrad, das ich nicht anhalten konnte. Irgendwas geschah, kreiste es in meinem Gehirn, während ich das Wasser für den Kaffee aufsetzte.

Ich überlegte, was passiert sein könnte, und sagte mir dann, daß ich verrückt sei. Die Vögel werden immer so laut gezwitschert haben, ich hatte nur nicht auf sie geachtet. Einmal aufmerksam geworden, hatte ich mich nun zu sehr auf sie konzentriert. Das war alles.

Ich zündete mir eine Zigarette an und setzte mich. Ich drückte die Zigarette wieder aus, ging in die Küche, schaltete die Elektroplatte ab und verließ die Wohnung. Mit dem Fahrstuhl fuhr ich ins Erdgeschoß. Dort klopfte ich an die Tür des Hausmeisters. Ich bat ihn, mit mir nach oben zu kommen und die Tür von Frau Rupprecht zu öffnen. Ich versuchte, ihm meine Gründe für diesen Wunsch zu erläutern, und er sagte mürrisch, daß er auf ein bloßes Gefühl hin nicht in eine Wohnung einbrechen könne. Er hatte nur eine Hose an. Die Hosenträger spannten sich über die mit grauen Haaren bewachsene Brust. Die nackten Füße steckten in Filzlatschen.

Da ich nicht ging – ich wußte, daß ich meine Unruhe nicht anders besänftigen konnte –, entschloß er sich schließlich, mit mir zu kommen. Er ging in seine Wohnung. Als er wiederkam, hatte er einen Kittel übergezogen und hielt einen Schlüsselbund in der Hand. Im Fahrstuhl brummte er, daß ich die Verantwortung übernehmen müsse. Er sagte, daß er dafür nicht bezahlt werde. Ich versprach, ihm fünf Mark zu geben. Er nickte zufrieden und meinte, daß es so nicht gemeint sei.

Im kleinen Flur von Frau Rupprechts Wohnung roch es nach Vogelfutter und Sand. Der Hausmeister sagte, daß so etwas nicht erlaubt sein dürfte. Er meinte wohl den Gestank.

Als wir die Zimmertür öffneten, saß Frau Rupprecht im Sessel und sah uns an. Die winzigen Augenflecke, kleine schwarze Spiegel in einem Gesträuch von Falten, waren auf uns gerichtet. Der Hausmeister erklärte ihr, wieso wir hereingekommen waren. Dann unterbrach er sich und sagte tonlos: Scheiße. Frau Rupprecht war tot. Der Geruch im Zimmer war schwer und süßlich. Er strengte mich an.

Die Vögel pfiffen aufgeregt und flatterten in ihren Käfigen. Einige saßen wie krank auf der Stange oder dem sandbestreuten Boden. Der Hausmeister ging zur Balkontür und öffnete sie. Ich versuchte, Frau Rupprechts Augen zu schließen. Es gelang mir nicht. Die Lider waren in den Falten der Augenhöhlen verschwunden. Sie fühlte sich kalt an. Als ich es nochmals versuchen wollte, sagte der Hausmeister, ich solle nichts verändern.

Ich wollte den Vögeln frisches Wasser geben und Futter, aber auch das ließ er nicht zu. Ich mußte Frau Rupprechts Wohnung mit ihm verlassen. Er verschloß sie sorgfältig, mich mißtrauisch musternd. Er sagte, er würde alles Notwendige veranlassen. Er sei da erfahren. Wenn ich etwas von Bekannten wüßte, könnte ich diese benachrichtigen. Ich antwortete ihm nicht. Er holte sich eine einzelne Zigarette aus der Kitteltasche. Sie war gekrümmt und flammte beim Entzünden auf, da der Tabak herausgekrümelt war.

Mittags kamen Polizei und ein Arzt. Jedenfalls schloß ich das aus der Art, wie der Hausmeister auf dem Flur mit ihnen redete. Ich ging nicht hinaus. Ich erwartete, daß man mich rufen würde. Es meldete sich keiner.

Zwei Stunden später erschienen die Träger mit der Bahre. Auch das schloß ich aus den Gesprächen, die ich hörte. Als sie die Leiche aus der Wohnung trugen, stießen sie gegen meine Tür. Im ersten Augenblick wollte ich öffnen. Ich glaubte, man brauche meine Hilfe. Doch ich bewegte mich nicht.

Die Tür von meinem Zimmer zu dem kleinen Flur mit den eingebauten Schränken stand offen. Ich hörte jedes Wort, jeden Ton, jedes Geräusch. Letzte Mitteilungen von Frau Rupprecht an ihre Nachbarn.

Eine Männerstimme, einer der Bahrenträger vermutlich, fluchte laut und brüllte in den Flur: Die Frau ist seit drei Tagen tot. In diesem Haus verreckt man, das kümmert keinen.

Am Abend klingelte der Hausmeister bei mir. Er fragte, ob ich vorübergehend die Vögel in der Nachbarwohnung versorgen könnte. Er gab mir den Schlüssel. Ich ging in die Wohnung, wusch die Näpfe aus und füllte sie mit frischem Wasser und Futter. Es waren vierzehn Käfige mit dreiundzwanzig Vögeln, die ringsum an den Wänden hingen. Zwei Sittiche waren tot. Ich wikkelte sie in eine Zeitung, die auf der Anrichte lag.

Es dauerte fast eine Stunde, bis ich damit fertig war.

Ich fühlte mich nicht wohl dabei. Ich hatte das Gefühl, Frau Rupprecht würde plötzlich erscheinen, und ich müßte meine Anwesenheit in ihrer Wohnung erklären. Ich bedauerte, daß es mir nicht gelungen war, ihr die Augen zu schließen. Tote wirken auf mich weniger aggressiv, wenn ihre Augen geschlossen sind.

Als ich mit allem fertig war, nahm ich das Zeitungspaket mit den toten Vögeln. Ich warf es in den Müllschlukker neben dem Fahrstuhl. Dann wusch ich mir die Hände in meiner Wohnung. Ich bürstete sie gründlich.

Zwei Tage später holte der Hausmeister den Schlüssel zurück. Über die Beerdigung von Frau Rupprecht konnte er nichts sagen. Verwandte hatten sich nicht gemeldet. Er wollte ihre Möbel und Habseligkeiten im Keller unterstellen, bis er etwas erfahren würde.

Er fragte mich, ob ich die Vögel oder zumindest ein paar von ihnen vorerst zu mir nehmen könne. Ich sagte, daß ich verreise, und er erwiderte verbittert, er verstehe schon. Keiner wolle die Totenvögel haben. Ich erkundigte mich, wo die Leiche von Frau Rupprecht jetzt sei. Er war noch immer verbittert.

Ich weiß nicht, sagte er. Und mit einem leichten Grinsen fügte er hinzu: Wo wird sie schon sein.

Bis in den späten Abend hörte ich ihn nebenan räumen. Ich stellte den Fernseher lauter. Ich war erleichtert, daß der Hausmeister den Schlüssel abgeholt hatte. Es war mir unangenehm, abends in die leere Wohnung von Frau Rupprecht zu gehen, um ihre Vögel zu versorgen. Die Totenvögel, wie er sagte. Ich fand es unangemessen und aufdringlich, die Wohnung der Toten zu betreten. Es waren ihre Vögel, sie hätte sie mit sich nehmen sollen.

Zwei Tage vor Heiligabend machte ich Weihnachtseinkäufe. In einem Feinkostladen kaufte ich wahllos Schnapsflaschen, Gläser mit Gewürzen, buntbedruckte Büchsen, in denen Fleisch oder Edelgemüse war. Als die Verkäuferin einen Berg vor mir aufgebaut hatte, fragte sie mich, ob das alles wäre. Ich hoffe es, sagte ich und bezahlte. Ich hoffte, numerisch aller gedacht zu haben, an die zu denken mich das bevorstehende Weihnachten nötigte. Frohes Fest, sagte die Verkäuferin.

Zu Hause würde ich Päckchen packen und mein Adreßbuch durchgehen, das mit kleinen Bleistifthäkchen hinter den Namen übersät war. Häkchen von all den vergangenen Festen, für die ich das Adreßbuch durchgehen und mein Hirn mit der Unsinnigkeit martern mußte, sogenannte persönliche Geschenke auszudenken. Heute suche ich nicht mehr nach persönlichen Präsenten. Irgendeins tuts auch. Ich weiß außerdem nicht, was ein persönliches Geschenk ist. Ich glaube, wenn ich wirklich jemandem ein persönliches Geschenk geben würde, er müßte erschrecken. Ich weiß nicht, wie ein persönliches Geschenk für mich aussehen könnte, aber ich bin überzeugt, wenn es wirklich persönlich wäre, ich würde anfangen zu heulen. Zumindest wüßte ich dann, was ich für eine Person bin. Ich weiß es bis heute nicht. Ich weiß nicht einmal, ob ich daran interessiert bin, es zu erfahren. Wahrscheinlich habe ich noch dreißig Jahre zu leben, das sagt jedenfalls die Statistik. Und ich bin nicht sicher, ob es einfacher würde, diese Jahre zu überstehen, wenn ich wüßte, wer ich eigentlich bin. Ich lebe mit mir zusammen, ohne viele Fragen zu stellen. Wie jeder normale Mensch habe ich gelegentlich Angst, irgendwann einmal verrückt zu werden. Wenn man es ein-, zweimal in seinem Bekanntenkreis erlebt hat, weiß man, wie schnell es geht, und daß in diesem Punkt keiner sehr sicher sein kann. Und ich bin der festen Überzeugung, es ist der sicherste Weg, verrückt zu werden, wenn man erst einmal anfängt zu ergründen, wer man eigentlich ist, mit wem man da zusammen lebt. Die Psychiatrie hat in unserem Jahrhundert einige Heilerfolge vorzuweisen, allerdings hat sie sich auch mit Patienten in einem vorher ungekannten Maße eingedeckt. Ich habe keine besondere Abneigung gegen Psychiatrie oder Neuropsychologie. Ich habe allerdings auch keine Vorliebe dafür. Ich habe bemerkt, daß man bei allen alles finden kann, wenn man erst anfängt, danach zu suchen.

Frohes Fest, sagte die Verkäuferin. Als ich zurückgrüßen wollte, war sie bereits mit dem nächsten Kunden beschäftigt. Auf ihrem Gesicht die unveränderte Grimasse leicht angestrengter Freundlichkeit, türmte sie einen neuen Berg von Konserven und Flaschen auf. Die persönlichen Aufmerksamkeiten des nächsten Kunden.

Heiligabend ging ich mit Henry Mittag essen. Weihnachten würde er bei seiner Familie verbringen. Wir sprachen nicht darüber. Er wollte nicht schon jetzt an die Auftritte mit seiner Frau denken. Silvester wollten wir zusammen in Magdeburg verbringen, bei meinen Eltern.

Nach dem Essen fuhr ich los. Henry brachte mich zum Wagen. Als wir uns verabschiedeten, drückte er mir ein kleines Päckchen in die Hand. Bitte, bitte nicht, dachte ich und lächelte ihn an.

Den Hut ins Genick geschoben, sah er mir nach. Ich betrachtete ihn im Rückspiegel, bis er hinter den Bäumen, anderen Autos, Passanten verschwunden war, versunken ins nasse, schmutzige Grau des Asphalts.

11

Am Tag nach Weihnachten sagte ich Mutter, daß ich fotografieren wolle und erst am Abend zurück sein würde. Mutter fragte, was ich denn noch zu fotografieren habe, ich hätte doch schon die ganze Gegend auf meinen Bildern, und ich erwiderte, daß sich Landschaft immerzu verändere. Ich merkte, sie war betroffen. Wahrscheinlich ahnte sie, daß ich mich zu Hause langweilte und einfach einen Grund brauchte, wegzukommen. Sie ahnte es, und sicher ahnte sie auch, daß ich das spürte. So war ich dankbar, daß sie nicht weiter darüber sprach, sondern mich fahren ließ. Sie gab mir Kaffee und belegte Brote mit, obwohl ich sie gebeten hatte, mir nichts einzupakken.

Ich langweilte mich, seitdem ich da war. Heiligabend kam ich erst spät an. Sie hatten schon alles vorbereitet, und nach den üblichen, nicht böse gemeinten Vorwürfen gingen wir ins Weihnachtszimmer. Ich lobte den Baum, weil ich wußte, daß Vater den ganzen Tag an ihm gebastelt hatte, und Vater freute sich. Wir gaben uns die Geschenke, und für einen Moment tat es mir leid, so einfallslos eingekauft zu haben. Aber sie freuten sich beide oder taten doch so. Es war alles teuer und selten, und das war wenigstens etwas.

Später saßen wir wie üblich vor dem Fernseher. Mutter wollte mit mir reden, und wir störten Vater. Wir tranken Wein zur Feier des Tages, wie Mutter sagte. Zu Hause trinken wir jeden Abend Wein zur Feier des Tages. Irgendwann weinte Mutter, aber ich wußte nicht warum, und wahrscheinlich wußte sie es auch nicht genau. Man braucht keinen Grund, wenn man nicht weint, warum soll man da einen besonderen Grund haben, wenn man mal weint.

Als nur noch Kinderchöre und Streichquartette im

Fernsehen waren, schaltete Vater das Gerät ab. Sie wollten dann wissen, wie es mir geht, und ich bemühte mich, ihnen etwas zu erzählen, von dem ich annahm, es würde sie interessieren oder wenigstens freuen.

Ich wollte nicht wieder als erste ins Bett gehen, weil sie das kränken würde. Also blieb ich und versuchte, mich wach zu halten.

Spät am Abend rief meine Schwester an. Sie hatte versprochen, gleichfalls Heiligabend zu Hause zu sein. Vor zwei Tagen hatte sie Mutter angerufen und ihr gesagt, sie käme erst am Weihnachtstag.

Am Telefon war sie sehr munter. Ich glaube, sie war angetrunken. Sie wünschte uns alles Gute, und wir gingen nacheinander an den Apparat, um ihr das auch zu wünschen. Als ich mit ihr sprach, kicherte sie und meinte, daß ich mich morgen sehr wundern würde. Ich erwiderte, daß ich mich freuen würde, sie zu sehen. Das letzte Mal hatten wir uns vergangene Weihnachten bei den Eltern getroffen. Sie sagte noch, ich möge ihr versprechen, nicht auf sie böse zu sein. Als ich von ihr wissen wollte, was sie meinte, legte sie den Hörer auf.

Wir saßen dann noch eine Weile im Zimmer. Mutter erzählte, und Vater fragte immerzu, ob wir nicht noch etwas essen wollten. Später versuchte er nochmals, etwas Interessantes im Fernsehen einzustellen. Danach fragte er, ob wir nicht etwas zusammen spielen sollten. Mutter und ich hatten aber keine Lust. Wir gingen ins Bett.

Zum Mittagessen am nächsten Tag kam Irene, meine Schwester, zusammen mit Hinner. Hinner arbeitet als Chirurg hier am Bezirkskrankenhaus. Ich wußte nicht, daß er vorbeikommen würde, und Mutter tat überrascht. Ich spürte aber, daß sie ihn eingeladen hatte. Seit unserer Scheidung konnte ich sie nicht von ihren Versuchen abbringen, uns plötzlich aufeinandertreffen zu lassen. Sie hoffte, wir würden wieder zusammenkommen. Sie war auf uns stolz gewesen, oder vielmehr auf unsere Ehe oder darauf, daß sich so gut über uns erzählen ließ. Wir waren damals beide ehrgeizig genug, um ausreichend erfolgreich zu sein. Es war sicher eine Ehe, wie sie Mutter für ihre Töchter erträumt hatte. In ihrem Inneren nahm sie unsere Scheidung einfach nicht zur

Kenntnis. Sie akzeptierte sie nicht, weil sie nicht in ihren Traum paßte.

Noch weniger in ihren Traum paßte aber sicher dieser weihnachtliche Auftritt Irenes mit Hinner.

Sie hatte Irene eingeladen, und gewiß hatte sie auch Hinner eingeladen. Aber sie hatte es sich wohl ebensowenig wie jeder andere von uns vorstellen können, daß die beiden hier zusammen erscheinen.

Irene arbeitet als Lehrerin in Rostock. Sie ist verheiratet mit einem Ingenieur, den sie immer herablassend und gereizt behandelt. Ihr Mann wirkt blaß und nichtssagend, vor uns geht sie mit ihm um wie mit einem weichlichen, begriffsstutzigen Versager. Sie führt sich widerlich auf, und ihr Mann sieht dann verwundet und unangenehm berührt drein, während Vater, Mutter und ich so tun, als ob wir nicht zuhören. Sie haben eine Tochter, die jetzt vier oder fünf Jahre alt sein muß und so unglücklich ist, ihrem Vater zu ähneln.

Ihr Mann und die Tochter waren in Rostock geblieben. Ich weiß nicht, was meine Schwester ihnen erzählt hatte. Mutter erklärte sie, daß sie Weihnachten und Silvester allein verleben werde, und bat sie, nicht weiter zu fragen. Das war vor einigen Tagen gewesen, am Telefon.

Mutter bekam ihre hektisch-roten Gesichtsflecke, als sie die beiden sah. Mutter wurde nie nervös oder laut, wenn ihr etwas über den Kopf wuchs. Sie blieb ruhig, sah uns freundlich an und bekam auf den Wangen ihre roten Flecken. -

Wir begrüßten uns, Hinner küßte mich auf die Wange. Dann setzten wir uns zum Mittagessen. Bei Tisch redeten wir sehr unbefangen miteinander, viel zu unbefangen, als daß es glaubwürdig war. Nur Vater schien nichts bemerkt zu haben. Er wunderte sich, daß die beiden zusammen gekommen waren, und fragte meine Schwester nach ihrem Mann und seinem Enkel aus. Meine Schwester antwortete einsilbig.

Beim Abwasch in der Küche bat sie Mutter, ihrem Mann nichts zu sagen. Wahrscheinlich würde er anrufen und nach ihr fragen. Mutter solle sie entschuldigen. Sie würde ihm alles selber erzählen, später, wenn sie zurück sei. Mutter nickte nur still und hielt den Kopf über das

Abwaschwasser. Mit kurzen, energischen Bewegungen rieb sie an einem Teller. Langsam färbten sich ihre Wangen wieder fleckig.

Ich brachte das Geschirr ins Wohnzimmer. Hinner saß im Sessel und rauchte eine Zigarre. Als ich reinkam, stand er auf. Er unternahm einen Versuch, mir behilflich zu sein, wußte aber nicht wie. Unentschlossen stand er neben mir. Er fragte, wie es mir gehe und was meine Arbeit mache. Dann erzählte er, daß er seit September Oberarzt sei. Ich tat überrascht. Vor Jahren hatte er sich darüber beklagt, wie in seinem Krankenhaus Beförderungen verteilt würden. Er hätte wenig Aussichten, weiterzukommen. Er war bitter und verletzt damals, voller Sarkasmus. Um so verwunderter war ich jetzt, wenn es mir auch Mutter bereits erzählt hatte. Hinner bemerkte es und erinnerte sich wohl. Er meinte, es habe sich in den letzten zwei Jahren einiges im Krankenhaus gebessert. Er käme mit dem Chef aus, fahre jetzt auch zu Kongressen mit. Man wisse, was man an ihm habe. Ich fragte ihn, ob er in die Partei eingetreten sei. Er bejahte es. Dann sagte er, es sei nicht so, wie ich denke, er habe sich alles lange überlegt. Ich unterbrach ihn und sagte, daß ich gar nichts darüber denke. Er setzte sich wieder hin. Als ich ihn ansah, fragte er mich, ob ich ärgerlich sei. Ich fragte, wieso, und er sagte: Weil ich mit deiner Schwester zusammen bin.

Was habe ich damit zu tun, sagte ich freundlich.

Er meinte, er sei froh, daß ich es so vernünftig auffasse. Ich sei ein netter Kerl, und schließlich hätten wir uns ja eigentlich immer gut verstanden. Ich erwiderte, ich glaube nicht, daß ich ein netter Kerl sei, aber mit der Sache hätte ich nichts zu schaffen. Es würde nur ihn und meine Schwester angehen. Er stand auf und machte einen ungeschickten Versuch, mir die Wange zu streicheln, wobei er wiederholte, daß ich ein netter Kerl sei.

Als ich in die Küche zurückging, heulte meine Schwester, und Mutter hatte verweinte Augen. Wortlos trocknete ich Gläser ab. Mutter unterbrach irgendwann das Schweigen und meinte, wir sollten daran denken, daß Weihnachten sei, und uns nicht gegenseitig das Herz schwer machen. Dann fragte mich meine Schwester, ob ich auch der Ansicht sei, daß sie mir Hinner weggenommen habe. Ich verneinte und sagte, wir seien seit Jahren geschieden, es sei nichts mehr zwischen uns, von mir aus könne sie mit ihm schlafen. Meine Schwester sagte scharf, es gehe nicht darum, ob sie mit ihm schlafe, ihr gehe es darum, daß sie sich liebten. Ich erwiderte, daß ich nicht wüßte, worum es ihr gehe, ich mir aber sehr genau vorstellen könne, worum es Hinner gehe. Sie heulte wieder, und ich fragte mich, weshalb ich so widerlich zu ihr war. Es war ganz und gar unnötig, ihr das zu sagen. Warum mußte ich sie kränken. Was störte mich daran, daß sie mit ihm zusammen war.

Ich versuchte, mich zu entschuldigen, ihr etwas zu erklären. Es war umsonst. Sie warf mir einen wütenden Blick zu. Mutter wiederholte stereotyp: Vertragt euch, Kinder, es ist Weihnachten.

Beim Kaffee sprachen wir über Verwandte. Mutter erzählte hektisch und sprunghaft. Meine Schwester war gekränkt und schwieg. Und Hinner fühlte sich unbehaglich. Er schwitzte. Um sieben gingen die beiden. Als sie zusammen aufbrachen, bemerkte Vater endlich, was los war. Er war fast grau im Gesicht, als er sie verabschiedete. Er tat mir leid. Er konnte das nicht verstehen oder billigen. Früher hätte er mit der Faust auf den Tisch geschlagen oder angefangen zu schreien. So etwas tut er schon lange nicht mehr. Er frißt jetzt alles in sich hinein. Er setzte sich stumm ins Wohnzimmer vor den Fernsehapparat und war unansprechbar. Die Haut über seinen Fingerknöcheln war weiß.

Wir gingen früh zu Bett.

Ich hörte, wie Mutter im Schlafzimmer auf meinen Vater einredete, er möge etwas dazu sagen. Da sie ihn immer wieder darum bat, nahm ich an, daß er auch ihr gegenüber schwieg.

Ich versuchte, mir über mein jetziges Verhältnis zu Hinner klarzuwerden. Ich entdeckte nichts, was mich mit ihm verband. Tatsächlich dachte ich wochen- und monatelang nicht an ihn. Wir hatten nichts miteinander zu tun. Und ich verstand nicht, warum mich seine Beziehung zu meiner Schwester störte. Warum war mir etwas widerlich, was mich nicht berührte, nicht mehr berührte.

Wieso fühlte ich mich gedemütigt. Unzufrieden mit mir schlief ich schließlich ein.

Der zweite Feiertag fand in aller Stille statt. Wir verbrachten ihn irgendwie. In gedämpfter Atmosphäre.

Am Nachmittag kamen Tante Gerda und Onkel Paul zu uns. Die beiden Männer redeten über Politik, und Mutter nötigte mich, über meine Arbeit in Berlin zu erzählen.

Am Abend rief Hannes an, der Rostocker Ingenieur, der Ehemann meiner Schwester. Mutter war an den Apparat gegangen. Sie fragte nach ihrem Enkel. Sie machte mir Zeichen, daß ich ans Telefon kommen und mit ihm sprechen sollte, aber ich schüttelte den Kopf. Ich ging mit Tante Gerda aus dem Zimmer und schloß die Tür hinter uns. Ich wollte es Mutter erleichtern, ihn anzulügen. Ich wußte, daß es ihr unangenehm war, ihm vor mir irgend etwas über meine Schwester vorzulügen.

Später bestellte Mutter uns Grüße von Hannes. Ich sah zu Vater hinüber. Er blickte nicht auf. Ich wußte, in ihm brodelte es. Wäre er gläubig, er würde meine Schwester gewiß mit einem alttestamentarischen Fluch belegen.

Am nächsten Tag fuhr ich aus der Stadt und fotografierte. Es war kalt, und ich war bald durchgefroren. Es gab nirgendwo ein Café, in dem ich mich aufwärmen konnte. Dennoch kehrte ich erst bei Einbruch der Dunkelheit zurück.

Ich ärgerte mich, daß ich zu den Eltern gefahren war. Wir hatten uns nichts zu sagen. Und ich wußte, ich würde in einem Jahr wieder zu ihnen fahren und im Jahr darauf und so fort, bis endlich der Tod uns scheiden würde. Ich würde immer wieder fahren und mich immer wieder über mich ärgern, und ich würde nicht den Mut aufbringen, eine Beziehung zu beenden, die längst erloschen war.

Abends unterhielten wir uns zu dritt. Wir sprachen über meine Kindheit und frühere Bekannte in G., wo wir vor Jahren gelebt hatten. Vater war lustig und redselig wie nie, und Mutter schien glücklich zu sein. Mich wunderte, daß wir so gänzlich verschiedene Erinnerungen in uns trugen. Eine Zeit, die mich ängstigte und bedrückte, erschien ihnen heiter und angefüllt mit possierlichen Späßen und Anekdoten. Sie mußten glücklich gewesen sein, als ich so unglücklich war. Wir hatten uns nie verstanden.

Es war ein angenehmer Abend mit meinen Eltern. Es war fast schön. Es gab nur eine kleine Verlegenheitspause, als Mutter mich fragte, was ich am nächsten Tag machen werde, und ich ihr antwortete, daß ich wieder losfahren wolle, um zu fotografieren.

Als wir zu Bett gingen, umarmten und küßten wir uns. Wie damals. Damals, was jetzt so weit zurück lag, daß es mir unglaublich erschien.

Am Sonntag kam Henry. Zu seinem breitkrempigen Hut trug er diesmal einen großkarierten, braunen Anzug. Ich hatte ihn so noch nie gesehen und konnte mich vor Lachen kaum auf den Beinen halten. Er sah aus wie ein Conférencier aus einer mittelmäßigen Show, und ich sagte es ihm. Er entgegnete, es sei sein Sonntagsanzug, und er hoffe, damit Effekt zu machen. Als wir ins Haus gingen, strich er mit der Hand über meinen Hintern und flüsterte, daß wir ganz schnell ins Bett sollten, um uns zu küssen.

Mutter war selig, daß Henry kam. Sein Erscheinen hielt sie für einen Vertrauensbeweis, ein Pfand unseres ungestörten, liebevollen Verhältnisses. Es gab keine Geheimnisse zwischen Mutter und Tochter. Mein Leben war noch immer ihr Leben, und eben das bestätigte ihr Henrys Besuch. Sie wieselte um ihn herum, brachte Kuchen und Gebäck und fragte fortwährend nach seinen Wünschen. Ich glaube, er gefiel ihr.

Vater sprach mit Henry über dessen Arbeit. Da Henry ernst und nachdenklich antwortete, war Vater zufrieden. Ihn interessieren nur Politik und Betriebsprobleme, und er schätzt es nicht, wenn man leichtfertig und witzelnd darüber spricht. Er mißtraut unserer Generation, er hält sie nicht für verantwortungsbewußt. Er fürchtet, daß sie verspielen wird, was seiner Generation unaufgebbar scheint. Er ist von uns enttäuscht und sieht voll Unbehagen, wie wenig wir seinen Vorstellungen entsprechen. Mißmutig und belästigt nimmt er zur Kenntnis, was mit den neuen Generationen auf ihn zukommt.

Als Mutter sich erkundigte, ob Henry verheiratet gewesen wäre, und Henry ihr antwortete, daß er verheiratet sei und zwei Kinder habe, hatten meine Eltern wieder zu schlucken. Er fügte hinzu, daß er von seiner Frau getrennt lebe, aber das half wenig. Die Armen wurden zu diesem Jahreswechsel arg gebeutelt.

Abends spielten wir Bridge. Mutter war wie verwandelt. Ich wußte, sie wollte ihm gefallen. Sie fing bereits jetzt an, um diesen möglichen Schwiegersohn zu kämpfen. Sie wollte ihre Töchter zufrieden sehen, zufrieden auf die ihr einzig denkbare Art.

Später dann, im Bett – Mutter hatte mich gefragt, wo Henry schlafen solle, ihr wäre es lieber gewesen, er würde im Wohnzimmer übernachten, doch sie sagte nichts, als ich verwundert antwortete: bei mir natürlich –, später erzählte Henry, daß seine Frau ihm gedroht habe. Sie habe sich unbestimmt geäußert, er könne nicht sagen, was sie ihm eigentlich androhen wollte. Sie könne nicht mehr so weiterleben, und scheiden lassen wolle sie sich auch nicht. Es wäre eine vage, vieldeutige Drohung gewesen. Ich fragte ihn, ob er beunruhigt sei. Er erwiderte, daß er nicht darauf antworten könne. Er wisse überhaupt nichts. Er streichelte mich und sagte: Was mir Angst macht, sind die Kinder.

Wir lagen nebeneinander und schwiegen. Wir berührten uns sanft und rauchten dabei. Wir hingen unseren Gedanken nach, zufrieden und angefüllt mit ungewissen, beklemmenden Ängsten.

Am Silvestertag half ich Mutter bei den Vorbereitungen. Henry ging mit Vater in den kleinen Garten hinter dem Haus. Wie er mir erzählte, hätten sie im Schuppen zusammen gedrechselt.

Nach dem Mittagessen spazierten Henry und ich in die Stadt. Es war ein klarer, sonniger Nachmittag. In der Nacht war Schnee gefallen und lag nun zusammengetreten und schmutzig auf den Straßen. In den Hauseingängen standen Kinder und Jugendliche. Sie warfen Feuerwerkskörper hinter uns her und rannten dann schreiend ins Haus oder blieben stehen und warteten gelangweilt auf unsere Reaktion.

Es war warm, und wir liefen mit offenem Mantel.

Henry fragte, was ich von ihm erwarte. Ich verstand ihn nicht und sah ihn fragend an.

Ich meine, sagte er, wie denkst du, daß es mit uns weitergeht.

Ich sagte, daß ich nicht darüber nachdächte.

Das ist gut, sagte er, ich will dich nicht enttäuschen, aber ich will auch nicht mehr enttäuscht werden.

Ich erwiderte, das sei auch meine Meinung, und er sagte etwas rätselhaft: Hoffen wir es.

In einer Kirche fand ein Vespergottesdienst statt. Wir setzten uns auf die letzte Bank und hörten zu. Es waren nur wenige alte Leute da. Der Priester sah immer wieder zu uns herüber. Ich hatte bald das Gefühl, daß wir ihn störten. Wir gehörten hier nicht her. Wir verließen die Kirche.

Auf dem Heimweg kamen uns viele Pärchen entgegen. Die Frauen trugen lange Kleider unter ihren Pelzen, und viele hatten glitzernden Straß im Haar. Sie wünschten uns ein gutes neues Jahr, und wir nickten ihnen zu.

Auf dem Bürgersteig vor dem Reisebüro stand ein ausgebranntes Auto, in dem Kinder spielten. Das Dach fehlte. Die Stützschrägen, gekrümmt und mit verkrustetem, narbigem Lack bedeckt, wiesen bedrohlich nach oben.

An unserer Straßenecke stand eine junge Frau und heulte wimmernd. Die Tränen zogen bunte Spuren über das stark geschminkte Gesicht. Sie lehnte an der Hauswand und schlug immer wieder mit der Handtasche gegen ihre Stiefel. An den dicklichen Wangen klebten goldene Sternchen und rote Monde, zwischen denen nun die Tränen ihren Weg suchten. Einige Schritte von ihr entfernt stand ein kleiner Mann mit einer Boxernase, der angewidert auf die Straße starrte. Ohne sich anzusehen, sprachen sie laut miteinander. Die Frau sagte jammernd, was er doch für einReckskerl sei, und er bot mit gleichgültiger Stimme an, ihr die Fresse zu polieren.

Als wir vorbeigingen, wünschte Henry ihnen einen guten Rutsch ins neue Jahr, und der Mann sagte mit unbewegter Stimme: Ist gut, Kumpel, mach, daß du weiterkommst.

Vor unserem Haus drehten wir uns nach ihnen um. Sie standen noch immer an der Straßenecke.

Am Abend kamen Onkel Paul und Tante Gerda zu uns und später auch meine Schwester und Hinner. Es wurde viel getrunken, und Vater stritt sich mit dem Onkel, der immerzu über ihn lachte. Hinner wollte mit mir allein sprechen.

Wir gingen in die Küche. Er schwieg, und ich fragte ihn, was er von mir wolle. Endlich fragte er, ob ich meine Schwester jetzt hassen würde. Ich verneinte es. Sie fühle sich gedemütigt, meinte er, und ich solle eine versöhnende Geste machen. Dann lachte er leise und sagte, schließlich hätte ich ihn ja mal geliebt und auch meine Eltern wären mit ihm zufrieden gewesen. Eigentlich müßten doch alle es billigen, wenn er jetzt mit meiner Schwester zusammen lebe. Ich wollte ihm antworten, daß wir alle darüber begeistert seien, unterließ es aber. Dann sagte er, daß er sich nicht verändert habe, und wollte von mir wissen, ob ich das nicht auch fände. Als wir ins Zimmer gingen, sah mich meine Schwester so unterwürfig an, daß es mich schmerzte. Ich lächelte ihr zu, und sie wirkte erleichtert. Gegen elf Uhr verabschiedeten sich meine Schwester und Hinner. Sie wollten noch zu Freunden gehen.

Mitternacht stießen wir mit Sekt an, und der Onkel küßte Mutter und mich. Tante Gerda verlangte, daß Henry sie küßte, was er, anfangs verlegen lächelnd, zu ihrer Zufriedenheit tat. Dann brannte Henry auf dem Balkon Feuerwerkskörper ab, die er aus Berlin mitgebracht hatte. Er hatte ein Vermögen dafür ausgegeben und zündete nun hingerissen einen nach dem anderen. Es war merkwürdig, mit welcher Freude er seine Knallkörper und Raketen losließ.

Gegen eins brachte ich Mutter ins Bett. Sie war auf dem Sofa eingeschlafen und schnarchte leise. Als ich sie weckte, meinte sie empört, daß sie überhaupt nicht geschlafen habe und hellwach sei. Sie ließ sich aber willig ins Schlafzimmer bringen. Danach ging auch ich ins Bett. Irgendwann kam Henry. Ich nahm es im Halbschlaf wahr. Er legte sich neben mich und begann mich zu streicheln. Ich sagte, daß ich müde sei und schon geschlafen hätte. Er knurrte etwas und ließ von mir ab.

Am Neujahrsmorgen frühstückten wir spät. Dann fuhren wir nach Berlin. Auf der Autobahn versuchte Henry, mich mit seinem Auto zu jagen. Er überholte und ließ sich zurückfallen. Ich ging auf sein Spiel nicht ein.

Im Briefkasten lagen Neujahrsglückwünsche und ein Brief von Charlotte Kramer. Sie lud mich ein, Silvester bei ihnen zu verbringen.

Abends ging ich mit Henry essen. Ich wollte mit ihm über seine Frau sprechen. Es war ihm aber nicht recht, und ich ließ es sein. Es war sein Problem, und ich konnte ihm nicht helfen.

Am nächsten Tag ging ich früh in die Klinik. Karla erzählte von ihrer Silvesterfeier, und ich tat, als ob ich ihr zuhörte. Um neun Uhr begann die Sprechstunde.

12

Die nächsten Monate vergingen, und das war eigentlich schon alles, was passierte. Ich machte meine Arbeit, und daheim war ich zu müde, um noch etwas anderes zu tun als zu lesen oder fernzusehen. Henry sah ich zwei-, dreimal in der Woche. Unser Verhältnis hatte sich sehr normalisiert. Es war erträglich, und langsam wuchs es in die Gewohnheit. Manchmal sah ich ihn über eine Woche nicht, ich wollte es so. Ich hoffte, unsere Beziehung könnte dadurch der Alltäglichkeit entgehen, aber ich glaubte selbst nicht daran.

In die Nebenwohnung, in der Frau Rupprecht gewohnt hatte, war ein neuer Mieter eingezogen, ein Offizier der Armee. Ich sah ihn selten.

Im Februar wurde ich vierzig. Mutter kam am Nachmittag zu Besuch. Sie saß den halben Tag auf der Bahn, nur um zwei Stunden mit mir zusammen zu sein. Sie schenkte mir eine Bluse, und wir gingen in ein Café. Sie erzählte, daß meine Schwester und Hinner sich im Sommer verloben würden, wenn bis dahin die Scheidung erfolgt sei. Eine Verlobung erschien mir lächerlich, aber auch das interessierte mich nicht. Vater ging es nicht gut, aber Vater ging es in den letzten Jahren nie gut. Mutter fragte, was mir Henry geschenkt habe. Als ich ihr sagte, daß er von meinem Geburtstag nichts wisse, wunderte sie sich. Sie war beruhigt, als ich ihr sagte, daß ich noch immer mit ihm zusammen sei. Dann wollte sie wissen, was sie nach Vaters Tod machen solle. Ich glaubte, sie wollte mir zu verstehen geben, daß sie gern zu mir ziehen würde, und ich war deshalb unschlüssig und wußte nichts zu sagen. Mutter schlug sich dann auf den Mund und meinte, es sei eine Sünde, darüber zu reden, Vater lebe ja schließlich noch.

Am Abend brachte ich sie zum Bahnhof. Vom Bahnsteig aus sah ich zu, wie sie, eine traurige alte Frau, hinter der verschmutzten Scheibe saß und mit einem Lächeln um mein Vertrauen bat.

Daheim versuchte ich mir bewußt zu machen, daß ich nun vierzig sei, aber es fiel mir nichts dazu ein. Es war belanglos, es veränderte sich nichts. Ich wünschte mir, daß etwas geschehe, daß irgend etwas mit mir passieren würde, aber ich konnte nicht sagen, was es sein sollte.

Im März wurde die Sommerzeit eingeführt. Die Uhren wurden um eine Stunde vorgestellt, und vielleicht war das in diesen Monaten das Aufregendste, was in meinem Leben geschah.

Es berührte mich nicht, aber immerhin, es war ein Eingriff in die Zeit, die Unterbrechung eines unbeirrbaren, regelmäßigen Ablaufs. In meinem Leben gibt es solch radikale Eingriffe nicht. Es verläuft mit der Stupidität eines Perpendikelschlags, mit der unveränderlichen Bewegung des Pendels eines Regulators, wie er in der Wohnung von Onkel Gerhard in G. hing. Eine Bewegung, die zu nichts führt, die keine Überraschungen, Abweichungen, Sommerzeiten, Unregelmäßigkeiten kennt und deren einzige Sensation der irgendwann eintretende Stillstand ist.

Im Herbst würde man die Uhren wieder umstellen. Das gewaltige Ereignis wäre geglättet und meinem Leben angepaßt. Spätestens im Herbst nähme alles seinen gleichmäßigen Fortgang.

An freien Tagen fuhr ich manchmal aus der Stadt raus. Ich wollte fotografieren, aber es fiel mir zunehmend schwerer, Objekte zu finden. Ich hatte das Gefühl, alles schon fotografiert zu haben. Vielleicht beunruhigten mich auch die mit meinen Fotos überfüllten Schränke. Es gab für meine Sammelwut stiller Landschaften daheim kaum noch einen Platz. Ich hätte mich dazu aufraffen müssen, die alten Fotos durchzusehen und den größten Teil von ihnen zu vernichten. Dafür fehlte mir die Kraft. So kam ich einige Male zurück, ohne eine einzige Aufnahme gemacht zu haben. Das war für mich eine persönliche Niederlage, die mich beunruhigte und verstörte, und dies um so mehr, als ich ihre Nichtigkeit sah.

Gelegentlich besuchte ich Freunde, was ich aber hinterher meistens bereute. Entweder gab es wenig Gemeinsamkeiten, und die Gespräche schleppten sich gelangweilt dahin, oder ich befürchtete, in ein fremdes Schicksal verstrickt zu werden. Ich interessiere mich nicht mehr für die Probleme anderer. Ich habe eigene Probleme, die auch nicht zu lösen sind. Alle haben irgendwelche Probleme, die nicht zu lösen sind. Wozu soll man darüber reden. Ich weiß, es gibt tausend Argumente, daß man eben deswegen miteinander sprechen sollte. Aber mir hilft es nichts. Mich bedrückt es. Ich bin kein Mülleimer, in dem andere ihre unentwirrbar verzwickten Geschichten abladen können. Ich fühle mich dazu nicht stabil genug. Ich vermeide es, mit Anne, einer Kollegin, die von ihrem Mann regelmäßig vergewaltigt wird, länger als eine Stunde zusammenzusitzen. Ich vermeide es, mich mit ihr irgendwo anders zu treffen als in Gaststätten und Cafés, in aller Öffentlichkeit also. Sie ist dadurch gezwungen, ein Mindestmaß an Disziplin zu halten. Sie kann sich dort nicht gehenlassen und mich mit den Schäbigkeiten und dem verkrötzten Gefühlshaushalt ihres Mannes überschwemmen. Ich habe sie nie zu Hause besucht und werde es nie tun. (Außer mit dem Rettungswagen, falls diese Anhäufung von Banalitäten einmal explodieren und ich so unglücklich sein sollte, Bereitschaftsdienst zu haben.)

Den Einladungen des Chefs, ihn und seine Frau zu besuchen, konnte ich bisher ausweichen. Ich fürchte, von ihm überrascht zu werden. Ich glaube nicht an die Selbstlosigkeit der Sympathie, mit der er mir nachstellt. Ich rieche förmlich den eingeschwärzten Hintergrund seiner Zuneigung: Ahnungslos würde ich an seiner Haustür klingeln, und nach einer Stunde in seinem Sessel wäre ich rettungslos in dem Untergrund einer weiteren argen Seele gefangen, in den Fallgruben seiner Probleme. Es würde mir keinen Spaß machen, den Respekt und das bißchen ambivalente Liebe, die ich für den Alten verspüre, in ein lächerliches Mitleid sich verwandeln zu sehen. Ich vermute, er hat Probleme, und ich hoffe, nie von ihnen zu erfahren. Ich habe auch Probleme, und Anne hat Probleme und meine Eltern und Hinner und meine Schwester. Und Henrys Frau hat Probleme.

(Heute, wo Henry tot ist, wird sie auch Probleme haben, aber andere. Und auch die will ich nicht wissen.) Nur Frau Rupprecht hat keine Probleme. Jetzt hat sie keine Probleme mehr, dafür hat der Hausmeister welche.

Mit Henry sprach ich nicht über seine Probleme. Einige deutete er an, andere ahne ich. Es gelingt uns glänzend, sie zu umgehen. Die intimste Frage, die wir uns stellen, ist ein: Wie gehts. Und die gegenseitigen Antworten fallen gemäß der erwünschten Übereinkunft aus. Wir müssen bei uns keine unangenehmen Überraschungen befürchten. Wir werden uns nicht mit Mißlichkeiten behelligen. Wir werden eine hübsche Beziehung nicht mit unlösbaren Schwierigkeiten erdrücken. Auf diese Bereicherung unseres Verhältnisses verzichten wir. Uns geht es gut. Wann immer wir uns sehen, jedem von uns geht es gut. Darauf können wir uns verlassen, das ist eine sichere Insel in einem Meer überschwappender persönlicher Probleme. Wie geht es dir. Gut. Anderenfalls kann man allein bleiben und die Zimmerwände anschreien. Wenn wir uns sehen, geht es Henry gut, geht es mir gut. Ich bin nicht glücklich, aber ich bin auch nicht unglücklich. Ich bin zufrieden, und das ist viel. Und ich bin auch zufrieden über diese wortlose Vereinbarung, die unser Verhältnis einfach und angenehm macht.

Am 18. April starb Henry. Den Tag zuvor hatten wir uns gesehen. Ich hatte bei ihm einen Kaffee getrunken, ehe ich in die Klinik fuhr. Zwei Tage später erfuhr ich, daß er tot war. Frau Luban war es, die bei mir klingelte, um es mir zu sagen. Ich weiß nicht, wie sie es erfahren hatte. Sie hat es mir sicher gesagt, ich habe es vergessen oder nicht zugehört. Sie klingelte und dann sagte sie: Ich habe eine schlechte Nachricht für Sie. Herr Sommer ist gestorben. Ich glaube, es interessiert Sie.

Ihren Blick werde ich nicht vergessen, diese Mischung aus Mitleid und dreister Neugier. Sie versuchte, in meine Wohnung zu kommen, was ich verhinderte. Ich verhinderte es, weil ich einfach in der Tür stehenblieb. Ich war viel zu benommen, um die Mitteilung begreifen zu können. Frau Luban machte den Versuch, mich am Arm zu nehmen und ins Zimmer zu führen. Irgendwie gelang es mir, sie davon abzubringen. Sie sagte etwas, was ich nicht verstand. Dann fragte sie, ob sie mir helfen könne. Ich sah sie an und sagte: Nein. Sie blieb vor mir stehen. Dann sagte ich: Danke. Ich schlug die Tür zu.

Ich setzte mich ins Zimmer und rauchte. Ich dachte darüber nach, was mir Frau Luban gesagt hatte. Ich hatte das Gefühl, irgendeinen Entschluß fassen zu müssen. Es machte mich nervös, daß ich nur im Sessel saß und Zigaretten rauchte, aber ich wußte nicht annähernd, was ich tun sollte. Ich zweifelte keinen Moment an der Nachricht, was mich heute verwundert. Ich hatte nicht das Bedürfnis, mich zu vergewissern. Die Nachricht von Henrys Tod kam für mich nicht überraschend. Ich kann es mir selbst kaum erklären wieso, aber überrascht war ich nicht. Henry starb unerwartet, plötzlich, aus heiterem Himmel. Es war schrecklich, aber nicht überraschend. Ich habe seinen Tod nicht geahnt oder befürchtet, er traf mich unvermutet. Nur überrascht hat er mich nicht, was mir seltsam vorkam und mich befremdete.

Henry war erschlagen worden.

Am Morgen nach dem Besuch von Frau Luban rief ich Herrn Krämer an, den Kollegen von Henry, den ich einmal gesehen hatte. Ich gefiel ihm damals, und er versuchte, mit mir zu flirten. Später telefonierte ich mehrmals mit ihm, wenn ich Henry sprechen wollte.

Ich fragte ihn, wann Henrys Beerdigung sei. Er antwortete, er könne es nicht sagen, die Leiche sei noch nicht freigegeben. Ich erschrak. Dann fragte er, ob ich noch am Telefon sei. Ich beeilte mich zu antworten. Wir verabredeten uns nach Feierabend in einem Restaurant.

Als er kam, suchte er die Tische nach mir ab. Sein Blick streifte mich zweimal, er erkannte mich nicht. Ich winkte ihm. Er war blaß und wirkte zerfahren. (Er unternahm keinen Versuch, mit mir zu flirten.) Unentwegt grinste er, ein nervöses Lächeln, er war befangen. Ich verstand nicht warum. Dann erzählte er. Er hatte Henrys Tod mitangesehen. Sie waren in einer Kneipe gewesen, um ein Bier zu trinken. Ein paar Jugendliche spotteten über Henrys Hut. Die beiden ließen sich nicht stören. Dann griff einer der Jungen nach dem Hut, was ihm Henry verwehrte. Es entstand eine Rangelei. Henry bot dem Jungen Prügel an, und sie gingen hinaus. Zuvor gab Henry seinen Hut dem Kollegen. Die anderen Jungen folgten den beiden. Auch er, Herr Krämer, stand auf und ging ihnen nach. Ein paar Schritte vor der Kneipe standen Henry und der Junge, umgeben von den anderen. Henry hatte die Fäuste erhoben und tänzelte vor dem Jungen.

Er war früher Boxer, wußten Sie das?

Ich wußte es nicht.

Henry tänzelte professionell, und die Jungen lachten über ihn. Er machte ein paar Schläge in die Luft, als ob er sich warm machen wollte. Dann schlug der Junge zu. Henry fiel um. Er fiel steif wie ein Stock nach hinten. Der Junge mußte etwas wie einen Schlagring benutzt haben.

Als Henry bewegungslos auf dem Boden lag, rannte Herr Krämer zu ihm. Henry hatte die Augen geschlossen und rührte sich nicht. Über seiner linken Schläfe war die Haut gerissen, er blutete etwas. Der Kollege hielt ihn für ohnmächtig. In Wirklichkeit war Henry bereits tot. Die Jungen umstanden ihn. Dann rannte einer von ihnen weg, andere rannten ihm nach. Ein Junge sagte zu Herrn Krämer, er solle die Schnauze halten, sonst sei er dran. Aus der Kneipe kamen Leute und fragten, was passiert sei. Herr Krämer bat sie, einen Arzt und die Polizei kommen zu lassen. Er hielt noch immer den Filzhut in der Hand. Zu dieser Zeit vermutete er, daß Henry tot war. Später wurde er verhört und nach Hause geschickt. Am nächsten Morgen holte ihn die Polizei aus dem Betrieb ab. Sie hatten alle Jugendlichen auf dem Revier, und er wurde ihnen gegenübergestellt. Der Junge, der Henry niedergeschlagen hatte, heulte. Er war siebzehn Jahre alt. Die meisten der Jungen waren minderjährig, keiner von ihnen älter als zwanzig. Dann konnte Herr Krämer wieder gehen. Der Beamte, der ihn hinausbegleitete, fragte ihn, warum er nicht eingegriffen hätte. Er habe ihm geantwortet, daß alles sehr schnell abgelaufen sei. Henry habe gelächelt, als er sich mit dem Jungen prügeln wollte. Er sei gelangweilt hinausgegangen. Er, der Kollege, habe nicht geglaubt, daß er sich wirklich prügeln wollte.

Ich mache mir jetzt Vorwürfe, sagte Herr Krämer, aber glauben Sie mir, es war seine Schuld. Ich konnte nichts tun.

Ich verstehe Sie, sagte ich.

Er blickte mich weiter hoffnungsvoll an, als könnte ich ihn von einer Schuld freisprechen. Von einer Schuld, die er sich einbildete und von der er sich deswegen um so schwerer befreien konnte.

Da ich nichts sagte, begann er mit seinem Bierglas zu spielen. Er blickte auf seine Hände, als er leise vor sich hin murmelte: Es ist ein großes Unglück. Auch für mich ist es ein großes Unglück.

Ich nickte. Über die Beerdigung konnte er nichts sagen. Die Polizei hatte die Leiche nicht freigegeben. Ich wußte, es konnte Wochen dauern, bis man ihn endlich bestatten würde.

Als ich mich verabschiedete, fragte er, ob wir uns nicht noch einmal sehen könnten. Schließlich hätten wir beide einen Freund verloren. Er sah sehr hilflos aus.

Es würde uns nicht helfen, sagte ich freundlich.

Dann ging ich. Ich ging rasch, denn ich fürchtete, er würde mir folgen. Ich ging so schnell, daß ich außer Atem kam. Ich fand es lächerlich von mir, davonzulaufen.

In den nächsten Tagen dachte ich viel an Henry. Meine Gedanken kreisten immer wieder um ihn. Ich überlegte, was er für ein Mensch gewesen war, aber ich kam zu keinem Ergebnis. Es war ein schwammiges, unklares Gedenken, ein schwerfälliges, entschlußloses Grübeln.

Meinen Dienst tat ich unverändert, nur zu Hause saß ich viel herum.

In den Zeitungen stand nichts über ihn. Ich hatte es auch nicht erwartet. Der Fall war gelöst, es gab nichts aufzuklären.

Einen Monat später, Mitte Mai, war die Beerdigung. Ich hatte kein Bedürfnis, hinzugehen, ging aber dennoch. Ich fühlte mich in dieser Zeit nicht besonders gut, ich war niedergeschlagen. Ich trauerte nicht um Henry, es war wohl nur Selbstmitleid. Ich fühlte mich verlassen, im Stich gelassen. Ich mußte mich zwingen, wieder völlig allein zu leben.

Ende Mai zog ein alter Mann in Henrys Wohnung ein. Es berührte mich merkwürdig, als ich das erste Mal nach Henrys Tod hörte, wie ein Schlüssel seine Wohnungstür aufschloß. Ich blieb stehen und sah zu, wie sich die Tür öffnete und ein fremder Mann herauskam.

Der neue Mieter hat einen chronischen Katarrh. Wenn er den Flur entlangkommt, hört man seinen trokkenen, kurzen Husten. Er ist mit einer älteren Dame aus unserem Stockwerk befreundet. Die beiden gehen häufig zusammen aus dem Haus. Wahrscheinlich gehen sie zum Friedhof. Sie haben immer einen Plastbeutel bei sich und eine kleine Gießkanne.

13

Jetzt, ein halbes Jahr nach Henrys Beerdigung, habe ich mich eingerichtet, wieder allein zu leben. Es geht mir gut oder doch zufriedenstellend. Ich vermisse nichts. In vier oder fünf Jahren werde ich Oberarzt. Der Chef will sich dafür einsetzen, er deutete es mir an. Irgendwann werde ich ihn besuchen müssen, und es wird mir wahrscheinlich gar nicht so unangenehm sein. Er ist mir auf eine seltsame, fast zweifelhafte Art sympathisch. Ich weiß, daß ihn viele in der Klinik nicht ausstehen können. Er gilt als dogmatisch, arrogant und zynisch. Gelegentlich verhält er sich auch zu mir so. Ich glaube, es gefällt ihm, das Ekel zu sein. Es wird ihm viele Entscheidungen vereinfachen. Ich hoffe, wir werden einige Förmlichkeiten im Umgang miteinander beibehalten. Ich hoffe, daß er nicht so rührselig wird, mir von seinen Problemen zu erzählen. Ich will davon nichts wissen.

Ansonsten bin ich mit meiner Arbeit zufrieden. Es ist nicht das, was ich mir vorstellte. Sie strengt mich um so mehr an, als sie gleichförmig und ohne besondere Belastungen, Aufregungen oder Spaß verläuft. Die kommenden zwei Jahrzehnte werde ich es aushalten.

Wünsche habe ich nicht mehr viele, und ich weiß, ich werde sie mir nicht erfüllen können. Dafür habe ich ein paar handfeste Ängste, die mich völlig ausfüllen.

Ich hoffe, daß ich das Klimakterium gut überstehe. Unangenehm wird mir die Hitze sein. Sie ist mir widerlich. Ich kenne diese aufsteigende Hitze von den Tagen, wo ich körperlich erschöpft und abgespannt bin. Ich scheue dann den Umgang mit Menschen und möchte mich am liebsten in meiner Wohnung verkriechen.

Ein paar Landschaften möchte ich noch kennenlernen, aber ich bin nicht sicher, daß es mir gelingen wird. Ich würde gern nach Rom fahren und in die Provence.

Außerdem möchte in Kanada kennenlernen und ein mittelafrikanisches Land. Ich habe Vorstellungen von diesen Landschaften in meinem Kopf. Sie sind sicher falsch, und ich würde überrascht sein, falls ich dorthin fahren sollte. Trotzdem hoffe ich, irgendwann diese Gegenden zu sehen. Aber ich bin jetzt vierzig und war noch nicht dort, und ich weiß nicht, ob es mir in den nächsten zehn Jahren gelingen wird. Wenn ich alt bin, möchte ich nicht mehr reisen. Es wird alles zu anstrengend.

Ab und zu spiele ich mit dem Gedanken, ein Kind zu haben. Früher wollte ich selbst ein Kind zur Welt bringen, schreckte aber schließlich immer davor zurück. Jetzt überfällt mich gelegentlich der Wunsch, ein elternloses Mädchen anzunehmen. Ich stelle mir vor, wie sich mein Leben verändern würde, und bin überzeugt, ich würde sehr glücklich sein. Wenn ich weniger sentimental gestimmt bin, weiß ich, daß es mir dabei nur um mich selbst geht. Ich brauche das Kind zu meinem Glück. Ich benötige es für meine Hoffnungen, für meinen fehlenden Lebensinhalt. Mein Wunsch erscheint mir dann weniger freundlich. Ich fürchte, es ist so etwas Ähnliches wie Unzucht mit Abhängigen. Ich bin kräftig genug, es allein durchzustehen. Ich stecke in keiner Krise. Meine Nerven sind vollkommen in Ordnung. (In der Klinik gelte ich als robuste Person. Mir weniger freundlich gesonnene Kollegen bezeichnen mich als rabiat. Würde ich Selbstmord begehen, stünden sie vor einem Rätsel. Es wäre eine gelungene Überraschung.) Ich muß kein Kind mißbrauchen, um mir mangelnde Liebe zu ersetzen. Und ich hoffe, daß ich mir nicht eines Tages einen Hund anschaffe. Als Ersatz des Ersatzes.

Dennoch, ich weiß, der gelegentliche Wunsch nach einem Kind wird immer wieder auftauchen. Dahinter steckt gewiß die Sehnsucht, sich einem andern Menschen restlos hinzugeben. Meine verlorengegangene Fähigkeit, einen anderen bedingungslos zu lieben. Es ist die Sehnsucht nach Katharina, nach der Kinderliebe, nach einer Freundschaft, zu der nur Kinder fähig sind. Ich vermisse Katharina jetzt sehr. Es ist fünfundzwanzig Jahre her, daß ich sie zum letzten Mal gesehen habe, und ich wollte, wir wären zusammengeblieben. Wir trennten uns mit der grausamen Art von Kindern und fanden es beide gewiß weniger fürchterlich, als es war. Ich wußte damals nicht, daß ich nie wieder einen Menschen so vorbehaltlos lieben würde. Dieser Verlust schmerzt mich. Keine der späteren Trennungen, von Hinner, von den Männern nach ihm, auch nicht die von Henry, haben mich wirklich umgeworfen. Wahrscheinlich war mein Verhältnis zu ihnen von dem Wissen geprägt, sie eines Tages zu verlieren oder doch verlieren zu können. Diese Vernunft machte mich unabhängig und einsam. Ich bin gewitzt, abgebrüht, ich durchschaue alles. Mich wird nichts mehr überraschen. Alle Katastrophen, die ich noch zu überstehen habe, werden mein Leben nicht durcheinanderwürfeln. Ich bin darauf vorbereitet. Ich habe genügend von dem, was man Lebenserfahrung nennt. Ich vermeide es, enttäuscht zu werden. Ich wittere schnell, wo es mir passieren könnte. Ich wittere es selbst dort, wo es mir nicht passieren könnte. Und ich wittere es dort so lange, bis es mir auch dort passieren könnte. Ich bin auf alles eingerichtet, ich bin gegen alles gewappnet, mich wird nichts mehr verletzen. Ich bin unverletzlich geworden. Ich habe in Drachenblut gebadet, und kein Lindenblatt ließ mich irgendwo schutzlos. Aus dieser Haut komme ich nicht mehr heraus. In meiner unverletzbaren Hülle werde ich krepieren an Sehnsucht nach Katharina.

Ich will wieder mit Katharina befreundet sein. Ich möchte aus diesem dicken Fell meiner Ängste und meines Mißtrauens heraus. Ich will sie sehen. Ich will Katharina wiederhaben.

Meine undurchlässige Haut ist meine feste Burg.

Ich hoffe, immer genügend Geld zu verdienen, um mich nicht einschränken zu müssen. Meine Bedürfnisse sind bescheiden, doch ich will sie mir erfüllen können.

Ich habe Angst, einen Menschen zu töten oder zum Krüppel zu machen. In der Klinik habe ich solche Befürchtungen nicht, dort ist alles reparabel. Ich fürchte mich davor, einen Menschen mit dem Auto zu überfahren. Ich sorge mich nicht um diesen Menschen, sondern um mich. Es wäre eine Erfahrung, die, wie ich befürchte, mein Leben eingreifend verändern würde. Ich will das nicht.

Neuerdings beginne ich, mich vor meinen Fotos zu fürchten. Sie füllen alle Schränke und Schubläden in meiner Wohnung. Von überallher quellen mir Bäume, Landschaften, Gräser, Feldwege, totes, abgestorbenes Holz entgegen. Eine entseelte Natur, die ich erschuf und die mich nun zu überfluten droht. Ich überlegte bereits, die Schränke im Arbeitszimmer der Klinik damit zu füllen, doch ich befürchte, daß Karla sie entdeckt und mich ausfragt. Immer stärker spüre ich, daß ich die Landschaft mit meinen kleinen, lächerlichen Fotos verwunde. Es sind Ausschnitte, die nichts begriffen haben. Ihnen fehlt Horizont, ihnen fehlt das Verwelken, Vergehen und damit die Hoffnung. Trotzdem werde ich nicht aufhören, diese Bilder herzustellen. Ich fürchte mich davor, es aufzugeben. Es ersetzt mir viel, es hilft mir über meine Probleme hinweg. Ich werde weiter Kisten und Schränke mit den Fotos füllen. Und in zwanzig oder dreißig Jahren, wenn der Hausmeister meine Wohnungstür aufbricht, wird er ein Problem mehr haben. Soll er die Bilder verbrennen, ich benötige sie noch.

Ein paar Tage nach Henrys Beerdigung kam Herr Krämer zu mir. Er brachte mir Henrys breitkrempigen Filzhut. Henry gab ihm den, bevor man ihn erschlug. Herr Krämer meinte, der Hut stehe mir mehr zu als ihm. Ich bedankte mich. Ich bat ihn nicht, sich hinzusetzen, und ich bot ihm auch nichts an. Nachdem er gegangen war, warf ich den Filzhut in den Müllschlucker. Ich wollte ihn nicht eine Sekunde bei mir behalten. Ich wußte nicht, wie lange ich die Kraft aufbrächte, ihn wegzuwerfen. Ich kann meine kleine Wohnung nicht auch noch mit alten Hüten anfüllen.

Im Sommer fuhr ich wie in jedem Jahr an die See. Ich besuchte auch wieder Fred und Maria, und alles war so, wie es in den Jahren davor gewesen war.

Ich hoffte, das schöne Mädchen zu sehen, das ich mit Henry im vergangenen Sommer getroffen hatte. Es war ein wirklich schönes Mädchen gewesen. Damals schenkte sie mir etwas zum Abschied. In diesem Jahr war sie nicht da, und Fred und Maria konnten sich nicht an sie erinnern. Ich bedauerte, das Mädchen nicht anzutreffen, aber irgendwo war es mir auch gleichgültig. Sie war Katharina überhaupt nicht ähnlich.

Es geht mir gut. Heute rief Mutter an, und ich versprach, bald vorbeizukommen. Mir geht es glänzend, sagte ich ihr.

Ich bin ausgeglichen. Ich bin einigermaßen beliebt. Ich habe wieder einen Freund. Ich kann mich zusammennehmen, es fällt mir nicht schwer. Ich habe Pläne. Ich arbeite gern in der Klinik. Ich schlafe gut, ich habe keine Alpträume. Im Februar kaufe ich mir ein neues Auto. Ich sehe jünger aus, als ich bin. Ich habe einen Friseur, zu dem ich unangemeldet kommen kann, einen Fleischer, der mich bevorzugt bedient, eine Schneiderin, die einen Nerv für meinen Stil hat. Ich habe einen hervorragenden Frauenarzt, schließlich bin ich Kollegin. Und ich würde, gegebenenfalls, in eine ausgezeichnete Klinik, in die beste aller möglichen Heilanstalten eingeliefert werden, ich wäre schließlich auch dann noch Kollegin. Ich bin mit meiner Wohnung zufrieden. Meine Haut ist in Ordnung. Was mir Spaß macht, kann ich mir leisten. Ich bin gesund. Alles was ich erreichen konnte, habe ich erreicht. Ich wüßte nichts, was mir fehlt. Ich habe es geschafft. Mir geht es gut.

Ende.

BdW
Bibliothek der Weltliteratur

Aus allen Nationalliteraturen
Werke von welthistorischem Rang
in Einzelausgaben

Neuerscheinungen 1988

Lion Feuchtwanger · Goya

Theodor Fontane · Cécila · Die Poggenpuhls
Mathilde Möhring

Jane Austen · Emma

Nachauflagen 1988

Hans Jakob Christoffel von Grimmelshausen
Der abenteuerliche Simplicissimus Teutsch

Heinrich Heine · Gedichte

Johann Wolfgang Goethe · Gedichte

E. T. A. Hoffmann · Märchen und Erzählungen

Jaroslav Hašek · Die Abenteuer des braven Soldaten
Schwejk

Karel Čapek · Der Krieg mit den Molchen

Fjodor Dostojewski · Schuld und Sühne

Sinclair Lewis · Babbitt

Daniel Defoe · Robinson Crusoe

José Maria Eça de Queiroz · Das Verbrechen
des Paters Amaro

Antike Komödien

Aufbau-Verlag Berlin und Weimar

TdW
Taschenbibliothek der Weltliteratur

1988 erscheinen

Hermann Hesse: Kinderseele
Stefan Zweig: Leporella (Nachauflage)
Hans Fallada: Wer einmal aus dem Blechnapf frißt (Nachauflage)
Tschingis Aitmatow: Dshamila · Abschied von Gülsary · Der weiße Dampfer
Miroslav Krleža: Die Rückkehr des Filip Latinovicz
Hans Christian Andersen: Die Galoschen des Glücks ·
John Steinbeck: Geld bringt Geld
Tennessee Williams: Glasporträt eines Mädchens
50 Novellen der italienischen Renaissance
Lukian: Der Lügenfreund. Satirische Gespräche und Geschichten